W0206411

btb

Aus Freude am Lesen

Alt werden im 21. Jahrhundert bietet viele Vorteile, führt aber auch zu neuen Herausforderungen. Sex im Alter zum Beispiel. Wie sieht es damit wirklich aus? Was wenn frau jenseits der 50 nicht bereit ist, das Kapitel Beischlaf ad acta zu legen, wie es für frühere Generationen üblich war? Die bekannte Filmemacherin und Autorin Helke Sander geht in ihren Geschichten dieser Frage nach. Sie erzählt von Frauen, die den Herausforderungen des Alters auf höchst individuelle Weise begegnen, und davon, was das gelebte Leben aus den Lebensentwürfen von damals macht.

HELKE SANDER, Filmemacherin und Autorin, geboren in Berlin, war 1968 Mitbegründerin der Frauenbewegung und der Kinderläden. Von 1981 bis 2001 war sie als Professorin an der Hochschule für Bildende Künste in Hamburg tätig und lehrte in verschiedenen europäischen und außereuropäischen Ländern. Viele ihrer Filme wurden mit renommierten Preisen ausgezeichnet.

Helke Sander

Der letzte Geschlechtsverkehr

und andere Geschichten
über das Alter

btb

FSC
www.fsc.org
MIX
Papier aus verantwortungsvollen Quellen
FSC® C083411

Verlagsgruppe Random House FSC® N001967
Das für dieses Buch verwendete FSC®-zertifizierte
Papier *Lux Cream* liefert Stora Enso, Finnland.

1. Auflage
Genehmigte Taschenbuchausgabe November 2013
btb Verlag in der Verlagsgruppe Random House GmbH, München

Umschlaggestaltung: semper smile, München
Umschlagmotiv: © Shutterstock / Z-art
Druck und Einband: CPI – Clausen & Bosse, Leck
MI · Herstellung: sc
Printed in Germany
ISBN 978-3-442-74647-7

www.btb-verlag.de
www.facebook.com/btbverlag
Besuchen Sie auch unseren LiteraturBlog www.transatlantik.de

Inhalt

Die Bibliothekarin und der Programmierer

BEATE HATTE SICH so an den Frühstückstisch gesetzt, dass Nachbarn aus dem Seitenflügel des Hauses nicht würden erkennen können, dass sie die Rubrik »Bekanntschaften« las, was durch das auffällige Logo der Seite und den geringen Abstand zwischen beiden Häusern durchaus möglich gewesen wäre. Sie las diese Seite heute mit dem Vorsatz, auf die erste Anzeige zu antworten, bei der die Gegend, das Alter und ein gewisser Ton stimmten. Denn sie hatte die Einsamkeit satt. Als Bibliothekarin einer kleinen Stadtbücherei lernte sie keine Männer kennen. Die meisten Leser waren sowieso Leserinnen – deprimierende neunzig Prozent im Durchschnitt, wie im Mittelalter, als die Burgfräulein die einzig Alphabetisierten waren. Und auch bei den Lesungen, die sie hin und wieder aus einem kleinen Etat veranstalten konnte, war der Männeranteil verschwindend gering. Wenn es hoch kam, fünf Prozent. Und dieser Anteil wurde nur gehalten durch einen gebildeten Penner, der früher mal Rechtsanwalt gewesen war und zu allen Lesungen kam, weil es in den Räumen warm war und die Lesungen nichts kosteten.

Sie hatte sich widerwillig Rechenschaft darüber abgelegt, dass sie ihre Veranstaltungen zunehmend auf ein potenziell männliches Publikum ausrichtete und entsprechend aufmotzte. Das hatte allein mit ihrer Sehnsucht nach Bekanntschaften zu tun. Sie wollte endlich Männer im Publikum, möglichst unverheiratete Männer, die nicht aus Einsamkeit kommen würden, sondern aus Interesse, und vor allem Männer, die jünger waren als die Leute, die ihr normalerweise bei den Lesungen begegneten: kultivierte ältere Damen mit Kurzhaarschnitt. Diesen Zulauf versprach sie sich – mit verächtlicher Selbstironie – durch die Präsentation von Abenteuerromanen und Erlebnisberichten im Stil von »Der alte Mann und das Meer« oder »Allein durch die Wüste« oder »Überleben im Schwarzwald« (mit nichts als einem Schweizer Taschenmesser im Beutel). Dieser kleine Etat war ihr Lasso, und so gut sie konnte, warf sie es aus.

Die Lesungen waren im Hinblick auf ihr Interesse ein Flop. Es kamen tatsächlich ein paar neue und auch jüngere Männer, aber die guckten sie nicht einmal an.

Bei der Diskussion stellte sich regelmäßig heraus, dass dieses neue Publikum schon einschlägige Erfahrungen im Verspeisen von Würmern und Feldmäusen hatte und immer irgendeiner dabei war, der einen Streit darüber anzettelte, ob es erlaubt und abgehärtet sei, sie auch gekocht zu essen. Beate stellte diese Art Lesung wieder ein und schwenkte um auf »junge Philosophen«. Die brachten fast alle ihre viel jüngeren und oft langhaarigen blonden Frauen mit, die gut geschminkt, inzwischen nicht mehr in der ersten Reihe saßen, sondern hinten. Hinten, vermutete Beate, um dadurch ihre Selbstständigkeit deutlich zu machen und zu zeigen, dass sie es gar nicht nötig hatten, wie noch die Autorengattinnen von früher, vorne ihre Zugehörigkeit zum Referenten zu erkennen zu geben.

Beate fragte sich manchmal, ob die jungen Philosophen, die oft schon über fünfzig waren, jemals ihre eigene Vorliebe für einen bestimmten Frauentyp einer philosophischen Betrachtung unterzogen hatten.

Mit wem sollte Beate ihre Sehnsüchte erörtern? Vierzehntägig traf sie ihre Frauengruppe; einige waren auch Bibliothekarinnen und Buchhändlerinnen aus der Umgebung, und ein paar Frauen aus dieser Gruppe trafen sich zusätzlich einmal wöchentlich beim Yoga.

Soll das schon alles gewesen sein?, fragte sich Beate immer häufiger. Sie wollte Abenteuer und Fülle. Und sie wollte einen Mann. Mindestens. Sie war erst dreiundvierzig. Ihre früheren Geliebten waren ihr abhanden gekommen.

Die Idee mit den Anzeigen, die ihr eines Tages kam, als sie hörte, dass eine entfernte Bekannte darüber tatsächlich einen Mann gefunden und inzwischen sogar geheiratet hatte, machte ihr zu schaffen. Sie sah das nicht praktisch, sondern ideologisch. Von wer weiß woher übernommen, hatte sie das Gefühl, dass man so was einfach nicht tat. Und wenn sie es nun doch tun würde, weil es offenbar viele tun, was die Anzeigen in fast allen Zeitungen unmissverständlich bewiesen, dann heimlich. Es dürfte um Gottes willen niemand wissen. Auf eine Anzeige zu antworten, hatte einen Hautgout. Früher gab es bei irgendeiner Begegnung einen plötzlichen Blick oder eine Berührung oder ein Lachen, und daraus folgte dann alles Weitere. Am Anfang standen jedenfalls ein Abenteuer und ein konkreter Mensch und nicht das Eingeständnis einer Bedürftigkeit. Beate hatte genügend Vorstellungsvermögen, um sich die Szene auszumalen, wie sich zwei Erwachsene, ausgehungert vor Einsamkeit und Sehnsucht, zum ersten Mal gegenüber sitzen und sich lauernd taxieren: Wie wäre es mit ihm/ihr im Bett? Oder könnten sie wenigstens »gemeinsam wandern«?

Wenn, wie Beate las, ER sich als attraktiv, charmant, charismatisch, gut aussehend, mit Immobilienbesitz, gerne Golf spielend, Opern hörend, Bücher lesend, in den Alpen kletternd darstellte, warum zum Teufel, hatte er dann eine Anzeige nötig? Und wenn es zu einem Treffen kommen sollte – wäre beiden dieser Gedanke ans Bett, der dann aufdringlich zwischen ihnen stehen würde, überhaupt ohne Anzeige zugeflogen? Hätten sie sich überhaupt eines zweiten Blickes ge-würdigt, wären sie sich zufällig auf der Straße begegnet?

Beate hatte vom vielen Kaffeetrinken und der bevorstehenden Mutprobe des Antwortens Bauchschmerzen. Der Antwortbrief auf die Anzeige, die sie am meisten ansprach, wäre nicht das Schwierigste, sondern das darauf folgende Treffen. Programmierer war er.

»Ich bin Programmierer, 47 Jahre, sportlich und suche eine Frau. Zum Lachen und zum Weinen.« Und dann folgte noch eine Erklärung über sein Interesse an Programmiersprachen. Das klang nicht nach Immobilienbesitz und auch nicht nach Opernbesuchen. Die Direktheit gefiel ihr; er kam gleich zur Sache. Das Weinen war vielleicht ein Problem. Aber normalerweise stellte sich das sowieso irgendwann ein. Sie verschob den Gedanken erst mal.

Vor jedem Blick oder Lachen würden die Kenntnis der gegenseitigen Einsamkeit stehen und die Zweifel, ob zusammengeschmissene Bedürftigkeiten und sexuelles Verlangen etwas anderes als wieder nur Einsamkeit hervorbringen würden. Nach einer ungeschriebenen Anstandsregel müsste sie so tun, als wäre sie nicht an ihm als Mann und Liebhaber interessiert, sondern beispielsweise an seiner Einschätzung der Außenpolitik. Irgendwie müsste sie ihre aufs Bett gerichtete Erwartung brechen. Es wäre ihr sonst peinlich. Vielleicht könnte sie aber auch Komplizenschaft herstellen? Beide für sich – und wahrscheinlich auch all die anderen, mit denen er sich möglicherweise noch aufgrund seiner Anzeige treffen würde – könnten sich vornehmen, ihre Hemmungen zu ignorieren. Sie hätten sich entschlossen, den Anteil an dem zu schnappen, was einer erwachsenen Person ihrer Meinung nach auf diesem Planeten zustehen sollte und sich dabei diese Gier nicht anmerken zu lassen. Eigentlich ekelhaft, dachte Beate.

Wie schön waren doch dagegen arrangierte Ehen! Andere Leute hätten sich schon Gedanken über das potenzielle Paar gemacht, hätten die gegenseitigen

Erwartungen und Verpflichtungen geklärt und die wirtschaftliche Lage untersucht. Braut und Bräutigam müssten das nicht mühselig selbst und möglicherweise noch über Umwege herausfinden. Und im Idealfall lernten sie sich auch noch lieben.

So weit wollte Beate gar nicht denken. Sie griff gewissermaßen blindlings in eine Büchse, in der sich alles Mögliche befinden konnte an schönen wie auch grässlichen Überraschungen. Wenn sie Glück hätte, wenn sie sich überhaupt an diesen Brief traute, könnte es zumindest ein interessantes Gespräch werden. Und sie käme auf Umwegen vielleicht doch noch an einen Philosophen.

Wenn sie aber an den Falschen geriete, der ihr intellektuell nicht gewachsen wäre und ihre Witze gar nicht verstehen würde, dann würde sie sich schämen, überhaupt auf die Anzeige geantwortet zu haben.

Beate fiel auch ein, dass es vermutlich auf diesem Gebiet »Partnervermittlung« schon Routiniers geben würde. Wahrscheinlich würde der Herr Programmierer ganz sachlich seine zwei oder fünf oder mehr Treffen mit unterschiedlichen Damen, die ihm geantwortet hätten, in seinen Computer eingeben und in irgendein Plus/Minus-Schema bringen. Wie bei der Stiftung Warentest.

Wenn er nicht völlig abgebrüht oder blöd war, müsste er doch aber eigentlich die gleichen Fragen, Erwartungen, Hoffnungen haben wie ich …

Nie wird eine Intellektuelle verlangt, stellte Beate fest.

Will ich jemanden fürs Bett oder will ich eine soziale Einheit, nicht immer alleine frühstücken oder ins Kino gehen. Will ich beides? Und will ich beides mit dem Gleichen? Und was heißt schon beides?

Beate las die schon reduzierte Liste zusammengestellter Anzeigen noch einmal gründlich durch. Ein Bäcker inserierte mit ganz nettem Text. Aber einen Bäcker wollte sie nicht. Warum eigentlich nicht? Hing das damit zusammen, dass sie sich als Bibliothekarin zu den Intellektuellen zählte und fürchtete, mit einem Bäcker – und er mit ihr – nichts anfangen zu können?

Das wäre eine Mesalliance, auch heute noch. Jedenfalls für Frauen. Nur nicht in den früheren sozialistischen Staaten. Da waren solche Verhältnisse verbreitet. Als Mann hätte sie sogar damit angeben können, eine Schornsteinfegerin zu ehelichen. Jeder würde grinsen und vielleicht sagen, so ein Glück möchte er auch mal haben. Für eine Frau aber wäre es ein Abstieg. Es sei denn, der Bäcker hätte eine Konditoreikette.

Sie zählte fünf Anzeigen von Männern, die Partnerinnen suchten, mit denen sie zusammen lachen und weinen konnten! Wie ihr Programmierer. Das war nun wirklich eine Kröte. Der reine Kitsch. Aber vermutlich ernst gemeint. Beate nahm sich vor, mal nachzusehen, ob die schwulen Männer in ihren Kontaktanzeigen auch dieses Bedürfnis nach Heulerei äußerten.

Die Türken gegenüber im Seitenflügel machten sie manchmal krank vor Neid. Immer jemand da. Immer Tee trinken, die Frauen in einem, die Männer im anderen Zimmer. Nachts schienen sie sich dann zu finden, an den vielen Kindern abzulesen, aber sonst gingen sie ihrer Wege.

Manchmal träumte auch Beate von einer großen Familie, einem Clan, und sie in der Mitte. Aber ihre Tochter war schon einundzwanzig und längst aus dem Haus.

Beate schämte sich ihres Alleinseins am meisten vor diesen Nachbarn. Manchmal schauten die Frauen von gegenüber verwundert und auch misstrauisch zu ihr hinüber. Als sie diese Blicke spürte und sich auch beobachtet fühlte, wenn sie drüben niemanden sah, sondern sie hinter den Gardinen nur vermutete, hatte Beate sich extra deswegen Jalousien angeschafft.

Für die Frauen da drüben kam sich Beate wie ein

exotisches unheimlich-anziehendes Zootier vor. Wie kann man so leben? Diese stumme Frage kam so intensiv von gegenüber, dass Beate sie körperlich auf sich aufprallen und in sich eindringen fühlte. Sie hatten recht. So konnte man nicht leben. So alleine in dieser Zweizimmerwohnung.

Für die türkischen Männer aus dem Nebenhaus, denen sie ab und an auf der Straße begegnete, musste Beate eine vollends unverständliche Figur sein. Wahrscheinlich dachten die an die guten alten Zeiten, wo ein dreimaliges »Hau ab« genügte, sich von ihrer Frau scheiden lassen zu können, dachte sie. Sie müsste sich mal danach erkundigen, wie islamische Scheidungen inzwischen in Deutschland gehandhabt wurden. Die alten Gesetze waren jedenfalls ideal für einen Mann und wurden nicht vergessen. Mit ein bisschen Geld hatte er in den guten Zeiten offen gesellschaftlich akzeptiert vier Frauen haben können, eine gute Zahl, um einerseits Abwechslung und andererseits Kontinuität zu haben und zudem ein nicht langweiliges Familienleben, in dessen Zentrum er stand. Wenn ihm eine zu alt geworden war, sagen wir dreiunddreißig, dann konnte er irgendeinen Grund finden, sie zu verstoßen und eine neue finden. Und so immer weiter. Er musste nicht dauernd Beziehungsgespräche führen. Alles war hierarchisch geregelt ohne dieses Durcheinander in hiesigen Wohngemeinschaften, die eine bessere Alternative zu Großfamilien sein wollten. Die kannte Beate noch als Kind. Ihre Eltern lebten in einer. Seit über dreißig Jahren mit mehr oder weniger den gleichen Leuten. Ihren sozialen Tanten und Onkeln, die sie manchmal einfach so besuchten und sich manchmal heimlich, öfter jedoch offen, über Beates kleinbürgerlichen Lebensstil wunderten. Manche der alten Kommunarden waren eine Art öffentlicher Institution, waren fossiler und interessanter Rest einer Bewegung sowie Grund einer neuen: »Selbstbestimmtes Zusammenleben im Alter«.

Diese neue Öffentlichkeit ging den Eltern zwar auf die Nerven, schmeichelte ihnen aber auch. Damals hatte Beate nur noch rausgewollt. Alleinsein war ihr Kindertraum. Nie mehr Kommune. Bis sich dann wieder die Sehnsucht nach etwas Familienähnlichem einschlich …

Sollte sie antworten, sollte sie nicht antworten?

Früher war Anzeigen zu lesen eine schaurig-schöne und beliebte Unterhaltung zwischen ihr und ihren Freundinnen gewesen, noch zur Schulzeit, als sie selber begehrt waren und die Jungs immer um sie herum. Sie saßen zu zweit oder zu dritt mit diesen neuen Erfahrungen auf der Haut zusammen und machten sich über die armseligen Selbstdarstellungen der Zukurzgekommenen lustig, die solche Anzeigen nötig hatten. Das schien ihnen der Gipfel der Trostlosigkeit.

Heute sagte sie sich, dass diese Leute vielleicht nur mutiger waren und realistisch die Konsequenzen aus dem, was wirklich war, gezogen hatten. Wo soll man sich denn heutzutage kennenlernen?

Den ganzen Stadtbücherei-Etat hatte sie schon verplempert. Andererseits: Es ist keine Schande, niemanden kennenlernen zu können. Das ist eben der Kapitalismus, die Entfremdung, die soziale Wüste, die Formlosigkeit. Das Bürgertum hatte wenigstens noch jede Menge diverser Feste, Bälle der verschiedendsten Organisationen und Familienfeiern. Überallhin musste man früher mit. Lust oder keine, spielte keine Rolle. Es gehörte sich so, und so lernten die Leute sich kennen.

Und heute sehen wir weder die Verwandtschaft, noch lernen wir zwanglos neue Leute kennen.

Wir bringen es dagegen fertig, zehn Stunden Flug Frankfurt–Hongkong völlig stumm nebeneinander in den engen Sitzen der Touristenklasse zu sitzen und kein Wort zu wechseln.

Beate ging in die Badewanne, lag lange, lange im

heißen Wasser und schaltete Programmierer, Bäcker, Schornsteinfeger und Hongkongreisende für eine Weile aus ihren Gedanken aus.

Es war die Quadratur des Kreises. Ohne Partner war man heutzutage gewissermaßen defekt.

Alle fanden es zwar völlig selbstverständlich, dass es keinen Anspruch darauf geben konnte, Millionär zu werden, aber Mutter werden noch mit sechzig sollte offenbar möglich sein.

Warum meinte jeder, Sex gehöre zu den Grundrechten?

Beate hatte sich wieder angezogen und einen neuen Kaffee gebrüht.

Sie würde dem Programmierer antworten. Ein Spaß, warum denn nicht? Und eine Recherche darüber, ob der Mann sich mit dem Spruch »Eine Frau zum Lachen und Weinen« einfach nur an die Frauen ranschmeißen wollte. Oder ob Männer dachten, mit dieser behaupteten Heulfähigkeit Frauen die Angst zu nehmen?

Was hat die Frauenbewegung nach Jahrzehnten erreicht? Männer dürfen weinen.

Beate verschob ihre Antwort noch mal.

Stattdessen las sie die Postwurfsendung, die gestern zusammen mit einer Reklame vom Pizzaservice im

Briefkasten gelegen hatte und zwischen die Zeitungsseiten gerutscht war.

Die Aufhebung ihrer sozialen Einsamkeit, hieß es da, könne eine wie sie, eine der Millionen neuen Singles im modernen Mitteleuropa, sich käuflich erwerben. Die Erfüllung dieses Wunsches wurde wenigstens in Teilaspekten durch *Horst* versprochen, der ernst und im Anzug aus einem Autofenster schaute. Der Hersteller war eine bekannte Adresse aus der Sexindustrie. Horst war lebensecht aus verschiedenen Kunststoffen hergestellt.

Ob andere Haushalte mit Ehepaaren und Kindern im gleichen Haus diese Reklame auch bekommen hatten, oder war sie schon durch irgendeine Rasterfahndung als Zielperson genauestens erfasst?

Horst war offenbar ein Nebenprodukt oder eine Weiterentwicklung der Sexgummipuppen und nicht mehr durch Löcher in Mund und Arsch oder einen Vibrator anstelle des Schwanzes gekennzeichnet. Er war die bekleidete Lightversion für einsame alte Mädchen.

Sie – und jede Frau, die sich unsicher, ängstlich und allein fühlte – könnte nun Schutz kaufen, ein bisschen Illusion und Schein für Außenstehende. Jedenfalls versprach das der Prospekt.

Horst war nicht mehr sexuell stimulierendes Modell. Horst wurde angeboten als Versprechen. Dieser Potemkinsche Mann, diese Attrappe, würde durch sein bloßes Vorhandensein echte böse Männer, die der Frau gefährlich werden könnten, in die Flucht treiben. Die alte Vorstellung, dass eine Frau schutzbedürftig sei und ein Mann diesen Schutz durch Ritterlichkeit und Höflichkeit und vor allem Anwesenheit gewährleiste, hatte in Horst den modernsten Ausdruck gefunden. Er musste nur da sein. Man konnte ihn bestricken oder neue Anzüge und Schlipse kaufen. Horst war als Beifahrer abgebildet – die moderne Frau fährt selbst. »Diese Frau könnten auch Sie sein!«

Beate schwebte über dem Frühstückstisch und schaute sich zu: eine halb volle Kaffeetasse, die Anzeigen der »Bekanntschaften«-Seite, die Pizza- und die Horstreklame. Sie schwebte wieder zurück und hing einen Moment der Vorstellung nach, ob die Eigentümer von Gartenzwergen auch die potenziellen Käufer von Gummipuppen seien und warum.

Was will ich von einem Mann?, fragte sie sich. Auf was läuft es hinaus? Ich will ja nicht mit einer Frau, obwohl das in mancher Beziehung angenehmer wäre.

Überzeugend fand sie die Vorstellung, dass der Gummimann Horst vor dem Fernseher Einbrecher abschrecken könnte. Man müsste ihn nur geschickt hinsetzen, mit Kartoffelchips.

Für einen Moment wurde ihr schlecht.

Beate saß an ihrem Laptop und hatte schon geschrieben:

Lieber Annoncierer, sehr geehrter Frauensucher, liebe Heulsuse,

ich sehe es mal so: Diese Anzeigen sind der private, ziemlich blöde, aber hoffentlich wirksame Protest gegen die Folgen des sozialen Verfalls. Früher hat man Kuppler benutzt. Heute muss man auch das alleine machen. Der arbeitende Kunde.

Ihre Anzeige ist mir ins Auge gesprungen, weil sie nicht nach dem Muster »Alter Knacker von 48 sucht Frau bis 25« getextet war. Außerdem haben Sie Ihren Beruf angegeben: Programmierer. Besonders gut hat mir gefallen, dass Sie in Ihrer Anzeige zwar erwähnt haben, wie groß sie sind. Sie haben aber auch die Programmiersprachen mit realen Sprachen verglichen und betont, dass man wie in einer realen Sprache auch hier verschiedene Dinge lernen und beherrschen muss, und darauf hingewiesen (was ganz schön teuer gewesen sein dürfte), dass es auch in einer Programmiersprache

»Vokabeln«, wie auch »Grammatik« gibt und wie wichtig das Wissen um die Bedeutung des Kontextes ist.

Ich habe auch mit Sprache zu tun. Ich bin Bibliothekarin. Vielleicht können wir uns ja mal unterhalten. Ich erzähle Ihnen was über Bücher und sie mir über die Computersyntax.

Wahrscheinlich feiern Sie Weihnachten und Ostern und sind dazu erzogen, die Geburtstage nicht zu vergessen, sparsam zu sein und machen Frühjahrsputz von Haus aus …

Oh Gott. Beate riss die Fenster auf und machte ein paar Gymnastikübungen. Das Telefon klingelte ein paar mal. Sie ging nicht ran und stellte auch den Anrufbeantworter leise. Sie wollte gar nicht wissen, wer es war.

Als junges Mädchen hatte Beate von einem Haus gehört, genaugenommen hatte sie heimlich zugehört, als eine Bekannte ihrer Mutter von diesem Haus und ihrem Erlebnis dort berichtete und die Geschichte seither nicht vergessen.

Die Bekannte war dorthin von einem älteren, befreundeten Mann mitgenommen worden, der sich in der Welt auskannte. Er wollte ihr etwas Unvergessliches bieten. Es war in einer Großstadt. Bloß wo, wo?

Man musste in dieses Haus eingeführt werden. Dort war jeder Raum geschmackvoll und unterschiedlich eingerichtet. Sie und der Mann trennten sich. Sie wurde von Dienerinnen zunächst gebadet und gesalbt und dann in ein luxuriös ausgestattetes Ankleidezimmer geführt, wo sie unter vielen Kostümen wählen konnte und Hilfe beim Ankleiden hatte. Die Bekannte ihrer Mutter hatte sich einen kostbaren Stoff wie ein Badetuch umwickelt. Alle kleideten sich nach ihren erotischen Fantasien. Es hatte einfach Klasse. Was dort gepflegt wurde und Anspruch des Hauses war, das zwei alte Damen leiteten, war erotische Kultur. Und dann war diese Freundin ihrer Mutter durch die Räume gegangen; in einigen wurde gevögelt, in anderen unterhielt man sich nur. Sie hatte überall Zutritt, das war wohl die einzige Regel dieses Hauses. Jeder und jede konnten jederzeit in alle Räume treten, ohne Verpflichtung, bei einer erotischen Aktivität mitmachen zu müssen. Die Balance sollte gelernt werden: Diskretion zu wahren, einen Einstieg zu finden, das Gespür zu entwickeln, ob ein Genuss gesteigert werden könne durch einen neuen Menschen oder ob der Reiz erhöht wurde durch Zuschauen. Sie konnte zuschauen, sie konnte sich Zeit lassen oder gar nichts machen. Die Freundin sagte ihrer Mutter, es sei das fantastischste Erlebnis ihres Lebens gewesen. Sie würde schon deswegen den Mann weiter treffen wollen, damit er sie wieder dorthin mitnehme. Beates Mutter zeigte sich auch interessiert. Aber dann verschwand diese Freundin oder Bekannte ihrer Mutter für die nächsten Jahrzehnte von der Bildfläche und mit ihr dieses geheimnisvolle Haus. Stünde ihr so ein Haus ab und an zur Verfügung, sie wäre wahrscheinlich zufrie-den mit ihrer vierzehntägigen Frauengruppe und müsste sich nicht darum sorgen, wie viele Eigenschaften beim Programmierer zusammenkommen müssten, damit daraus ein für sie und ihn akzeptables Verhältnis wurde. Der ganze Aufstand wegen Sex. Weil der allein nicht zu haben und auf Dauer nur Sex auch tatsächlich zu wenig war.

Also, worüber unterhalte ich mich mit diesem Programmierer, wenn er überhaupt antwortet? Schlimmstenfalls arbeitet er nicht intellektuell über Computersyntax, sondern ist einer von diesen Wichtigtuern, die immer irgendwo zusammenstehen und ein Kauderwelsch reden, das sich absolut trostlos anhört. Vielleicht wollen sie deswegen heulen?

Beate überlegte einen geeigneten Treffpunkt. Ein Café wäre zu tantenhaft. Das wäre nicht mal mehr ihrer Mutter eingefallen. Überhaupt, der dürfte sie das nicht erzählen. Die würde sich kranklachen oder über die Tochter weinen und darüber, dass mit der Erziehung doch alles anders gekommen sei, als sie sich das damals vorgestellt hatte.

Sie könnten ins Kino gehen und hätten hinterher wenigstens einen unverfänglichen Gesprächsstoff. Sie schlug nach, welches Programm in den nächsten vierzehn Tagen anstand. Um seine Geduld und Neugier auf die Probe zu stellen, sollte sie einen Experimentalfilm im kleinen Off-off-Kino vorschlagen, das nur einmal wöchentlich betrieben wurde.

Schließlich schrieb sie:

Ich würde gerne mal mit Ihnen in einen Horrorfilm gehen. Allein traue ich mich nicht. Es gibt immer einen freitags in der Nachtvorstellung. Es ist vielleicht ein bisschen spät für ein erstes Treffen, aber am Samstag kann ich ausschlafen.

– *Jetzt wird er denken, ich will ihn gleich abschleppen.* –

Neben dem Kino XY gibt es ein Restaurant. Wir können dann sehen, ob wir uns was zu sagen haben. Wenn nicht, haben wir wenigstens einen aufregenden Film gesehen. Ich zahle meine Karte und meinen Verzehr selber. Ich möchte darüber dann keine Diskussion.

Sollte sie noch etwas über ein Erkennungszeichen schreiben? Nein, das ginge zu weit. Wer auch immer zuerst in diesem Foyer stehen würde, sollte genügend Grips und Anhaltspunkte haben, um die Richtige herauszufinden. Wenn sie den Falschen erwischte, wäre es auch egal. Das wüsste sie ja nicht. Wenn er die Falsche erwischte, die zudem noch mitginge, würde sie es wahrscheinlich nicht noch einmal versuchen.

Sie fragte sich, wie sie sich verhalten würde, wenn er qualmte wie ein Schlot, nur ein Bein hätte, einen grauenhaften Dialekt oder schmutzige Fingernägel oder beim Essen schlürfte.

Nimm's locker, sagte sie sich, wir gehen nur ins Kino.

Sie steckte den Brief in den Umschlag, frankierte ihn und warf ihn noch am Sonntag in den Briefkasten. Nun musste sie nur abwarten und dafür sorgen, dass ihre Frauengruppe niemals, jedenfalls bis auf Weiteres nicht, davon erfuhr. Die würden Tränen lachen über »gemeinsam Lachen und Weinen«, und sie würden alle Briefe sehen wollen, alle Antworten. Das gemeinsam lachende und weinende Pärchen wäre Gegenstand ihres röhrenden Gelächters, eine dankbar immer weiter ausgeschmückte Geschichte, und würde tagelang die Telefongespräche beleben. Und nur mal angenommen, eine andere hätte auf die Anzeige reagiert und sie hätte davon erfahren, mit welchem Genuss hätte sie bei den Gemeinheiten mitgemischt. Andererseits konnte sie auch nicht ausschließen, dass er sich die Anzeige in einer Kneipe mit seinen Freunden ausgedacht hatte. Eine Wette unter Männern, ob Frauen darauf eingehen würden oder nicht. Damit könne nichts schiefgehen, darauf würden sich Hunderte bewerben, hätten sie gesagt. Die Weiber stehen auf Heulen, und das auch noch zu zweit sei überhaupt nicht mehr zu toppen. Sie wären darauf gekommen, weil einer von ihnen gerade aus seiner Wohnung zu den anderen Männern geflüchtet war. Seine Frau hatte ihm mangelnde Sensibilität vorgeworfen. Er wiederum hatte sie eine Heulsuse genannt, und sie hatte schluchzend geantwortet, bei einer wahren Liebe müsse man auch zusammen weinen können. Das wäre das Stichwort für die Idee gewesen, für Mitgefühl und Kopfnicken und Seufzen. Und weil der Programmierer wieder eine Frau suchte, was alle wussten, war dieses Erlebnis schließlich die zündende Idee für die Anzeige, bei deren gemeinsamer Formulierung sie sich systematisch besoffen, aber auch nahe fühlten. Sie knobelten an den Worten, sie schrieben Stichworte und ganze Sätze auf Bierdeckel, erzählten sich Witze über Anzeigen und erfanden neue in der Art von »Suche Frau mit Jaguar, bitte Bild von Jaguar mitschicken«.

So könnte das abgelaufen sein. Die gemeinsame Anstrengung würde ihnen ein schönes Gefühl der Freundschaft geben, und einer würde vielleicht noch hinzufügen, dass das mit dem Weinen auch insofern sein Gutes habe, weil ein Mann, der weint, schon mal kein Türke oder Araber sein könne. Die weinen nur unter Männern. Das kann nur ein Deutscher geschrieben haben. Genau, würden alle zufrieden sagen.

Kurz und gut, die Geschichte könnte blamabel für sie ausgehen. Vielleicht würde ihr Brief in einer Männerrunde laut vorgelesen und kommentiert. Am Tag X würden alle Freunde des Mannes an verschiedenen Tischen des vorgeschlagenen Restaurants sitzen und das Paar beobachten.

Hätte sie sich aber nicht getraut, den Brief abzuschicken, würde sie ohne die geringste Chance hier weiter vertrocknen. Sie hatte kein Foto beigelegt und eine Postfachnummer angegeben.

Sie fanden sich, sie erkannten sich, sie waren sich sogar sympathisch, wie sie da etwas verlegen im Kinofoyer seit einer halben Minute zusammenstanden.

Er hatte die Kinokarten schon gekauft. Sie hatte es nicht passend und wollte Geld wechseln, um es ihm gleich zurückzugeben. So ging die andere Minute hin. Er hatte saubere Fingernägel und sprach keinen Dialekt. In der Runde schienen keine Saufkumpane von ihm zu stehen, aber Vera aus der Frauengruppe tauchte plötzlich auf und war ehrlich froh dass sie nun nicht alleine sitzen musste in dem Horrorfilm, obwohl sie anstandshalber fragte, ob sie störe.

Was hätte Beate antworten sollen? Wenn sie es wenigstens selbst gewusst hätte. Sie wusste es einfach nicht. Und sie wollte sich auch nicht mit dem Unbekannten komplizenhaft über einen Blick verständigen. Zwar störte Vera den Ablauf des Programms »Bibliothekarin trifft Programmierer«, aber das könnte ja auch ein Himmelsgeschenk sein.

Gott sei Dank wusste sie immerhin schon seinen Namen – Jörg Hansen –, und so konnte sie statt einer Antwort beide wenigstens reibungslos vorstellen. Sie war froh, dass er nicht Benjamin oder Jonas oder Daniel hieß, wie so viele seiner Altersgenossen. Jörg Hansen hörte sich angenehm normal an. Seine Eltern lebten sicher nicht in einer Wohngemeinschaft. Er hatte Beate bei Veras Frage überrascht und vielleicht ein wenig misstrauisch angesehen. Wahrscheinlich war diese neu auftauchende Frau für ihn das Pendant zu seinen von ihr imaginierten Freunden. Sie hatte Verständnis für sein Misstrauen, zeigte es aber nicht. Außerdem kam so etwas wie Eifersucht in ihr hoch – am Ende schleppt Vera ihn noch ab. Ich habe schließlich die Mühe mit dem Brief gehabt. Und nur eine Minute Vorsprung vor Vera. Aber sie sah auch keine Alternative. Warum musste Vera auch Freitagnacht allein ins Kino gehen. Na ja, warum wohl?

Vor vierzig Jahren, als ihre Mutter jung war, hätte so eine Vera in so einer Situation höflich aus der Ferne genickt und sich nicht aufgedrängt. Aber auch das war vermutlich Wunschdenken. Als ihre Mutter jünger war, hätte so eine Vera vermutlich laut und unerschrocken und so, dass alle es hören konnten, danach gefragt, wo sie denn plötzlich diesen strammen jungen Mann aufgegabelt habe, warum sie ihn bisher verheimlicht habe, was doch schade sei bei diesem Anblick, und ob es dort, wo sie ihn herhabe, noch mehr von der Sorte gäbe. Beate war plötzlich dankbar. Ihre Vera hatte bessere Manieren als ihre Mutter und deren Freundinnen damals.

– Sicher können wir nebeneinander sitzen, sagte sie.

Er sagte nichts und machte ein undurchdringlich-höfliches Gesicht. Es wäre auch noch schöner, wenn er hier was sagen würde. Er könnte natürlich auch eine Szene machen und ihr sagen, er lasse sich nicht zum Affen machen und zum Objekt der Beobachtung. Er wolle nichts weiter als ins Kino gehen und fände es unverschämt, wenn die Dame gleich ihre Freundinnen mitbrächte. Er würde ihr nicht glauben, dass diese Begegnung Zufall sei. Es würde ihm gar nicht in den Sinn kommen, dass diese Begegnung gerade Beate peinlich sei.

Vermutlich würde Vera auch hinterher noch mitkommen wollen. Mit ein bisschen Taktgefühl würde sie sich natürlich trollen. Aber wenn sie aufgefordert würde, würde sie nicht Nein sagen. Und wie sollte man sie nicht auffordern.

– Störe ich auch wirklich nicht?, würde Vera fragen.

– Nein, würde Beate sagen, statt Ja, natürlich. Guck doch mal hin. Ich weiß noch nicht mal, ob wir uns siezen oder duzen sollen. Andererseits: Wenn er sich schon von so einer Situation abschrecken lässt, könnte sie auch gleich Tschüss sagen.

Im Grunde ärgerte sie sich über sich. Sie könnte

auch sagen, heute passt es nicht. Ich erkläre dir das später. Was Beate zusätzlich verwirrte: dass sie schon nach fünf Minuten ein Geheimnis mit diesem Mann teilte, das die Frau, die sie schon seit Jahren kannte, ausschloss. Wenn er Vera für mich gehalten hätte, hätte er sich vielleicht auf sie eingestellt und das auch in Ordnung gefunden. In dem Gedränge vor dem Kinoeingang ging sie ein paar Schritte hinter einem anderen Mann her, bevor sie den Irrtum bemerkte.

Beate dachte darüber nach, was er denken könnte und wie er sie still kommentierte.

Das Treffen scheint wirklich ein Zufall gewesen zu sein, dachte er vielleicht. Sie sieht ja ganz nett aus. Schöne Haare. Die andere übrigens auch. Mein Gott, schon wieder »Shining«. Komische Vorstellung von Horror. Hoffentlich will sie nachher nicht auch noch darüber quatschen. Jedenfalls keine Ahnung von Film.

Er saß zwischen ihnen und hatte an Erdnüsse und Schokolade gedacht. Vera griff ordentlich zu. Sie machte sich wahrscheinlich über die Art des Verhältnisses Gedanken. Unter Freundinnen blieb so was nicht lange verborgen. Er musste also neu sein.

Aber sie ahnt nicht, wie neu, dachte Beate.

Er half Beate aus dem Mantel. Eine Gelegenheit für beide, sich genauer anzuschauen. Ihre Figur, sein

Lockenschopf, mit viel Haar vorne, wenig hinten, wurden abgespeichert. Noch liefen die Trailer der nächsten Filme. Man könnte reden. Aber worüber? Jedes Wort würde durch die gespitzten Ohren der Freundin gehen, die irgendwie einbezogen werden musste.

Ich könnte auch mit ihr reden, dann kriegt er so nebenbei ein paar Informationen und merkt, dass ich das nicht arrangiert habe. Ich bin schließlich nicht für die Situation verantwortlich, benehme mich aber so. Es ist mir peinlich, peinlich, peinlich, wenn Vera merkt, dass ich auf eine Kontaktanzeige geantwortet habe. Wenn er diese Schwierigkeiten nicht hätte, könnte er jetzt ganz locker zu Vera sagen, dass es doch über alle Maßen interessant sei, nicht nur die Frau kennenzulernen, die netterweise auf die Anzeige geantwortet hat, sondern noch ihre Freundin. Das sei doch lockerer, und vielleicht würde man so viel mehr übereinander erfahren, wenn er das machen würde. Es würde für ihn sprechen, dann stünde sie Vera gegenüber allerdings schön blöd da.

Beate hatte keine Lust, sich von Vera in die Karten gucken zu lassen, sie hatte aber auch keine Lust, sich mit diesem Wildfremden zu verschwören. Genau das tat sie aber.

Der weiß jetzt schon was von mir, was Vera nicht

weiß. Was sie nicht nur nicht weiß, sondern was ich ihr auch bewusst verschweige. Ich sollte es ihr zuflüstern, was das für ein Treffen ist.

– Was?, würde Vera losschreien. Sie würde, nicht um zu provozieren, sondern vor lauter Überraschung und Aufgeregtheit durch das ganze Kino schreien.

– Was? Du hast den über eine Anzeige kennengelernt? Du hast dich getraut? Und eben erst getroffen? Sie würde versuchen, einen Witz zu machen, der ihr garantiert misslingen würde und wahrscheinlich in der schon von Beate selbst bedachten Art weiter denken: Was wäre, wenn ich fünf Minuten früher gekommen wäre und er mich angesprochen hätte, weil er mich für Beate gehalten hätte? Eigentlich ein guter Kinostoff.

Jörg Hansen beugte sich nah zu ihrem Ohr und sagte, dass er die Filme, die eben in Ausschnitten angekündigt worden waren, alle schon auf DVD im Original gesehen habe. Er bringe sich die neuesten Filme immer aus Hongkong mit. Nicht, ob er sie gut oder schlecht fand, sondern dass er sie aus Hongkong mitbrachte, war die Botschaft.

– Waren Sie schon oft da?, fragte Beate und das »Sie« war damit auch eingeführt.

Er schaute sie kurz von der Seite an, ein bisschen ironisch, wie sie fand, ein bisschen zurückhaltend, ein bisschen liebenswürdig und nickte nur und bewegte leicht wegwerfend die linke Hand, als seien Hongkongreisen sein täglich Brot.

Beate kam sich altmodisch vor und ein bisschen provinziell. Wie viele humanistisch gebildete Leute, die nicht viel Geld haben und von ihren Angestelltengehältern leben, machte sie schon aus Prinzip keine organisierten Reisen, sondern lieber Fahrradtouren in Europa. Hongkong war für sie deshalb noch richtig weit weg.

Dass sie – immer noch – »Grün« wählte, Brot und Eier im Naturkostladen kaufte und den Müll sortierte, war gewissermaßen unter Bibliothekaren fast eine Selbstverständlichkeit. Ob ihr dieser Mann das wohl ansehen könnte? Dabei rauche sie doch ab und an, sagte sie sich fast wie zur Selbstverteidigung. Der ging wahrscheinlich sogar zu McDonald's, der würde Junkfood wahrscheinlich sogar aus Erfahrung kennen und nicht nur als Begriff.

– Vielleicht fahren wir mal zusammen hin, sagte er plötzlich noch näher an ihrem Ohr und grinste sie an.

– Abwarten, sagte sie und grinste zurück. Und fand es ganz leicht.

Wir.

Es war wie ein sehr kleinteiliges Puzzle, bei dem

ein Bild erst spät klar werden würde. Aber jedes Teil würde von beiden genau angeschaut, geprüft, vorerst zur Seite oder auch schon an einen Anschluss gelegt. Noch ließ sich wenig erkennen. Vielleicht hat er/sie ein wenig Humor, dachte sie/er.

Das war geschickt, dachte er vermutlich.

Aber nicht wie ein Profi, dachte sie. Obwohl das Unsichere natürlich auch eine Methode ist. Das kannte sie von einem alten Freund. Der guckte immer ungeheuer vertrottelt und machte den Eindruck, immer und ewig zu kurz zu kommen, wenn man ihm nicht auf die Sprünge half. Es war einfach seine Masche.

Jörg Hansens Schuhe waren geputzt. Er trug einen geschmackvollen Pullover über einem Hemd. Er roch gut. Kein Ring im Ohr, wie man ihn bei fast jedem Zweiten über vierzig schon sah.

Er schaute sie von der Seite an, was sie spürte, und betrachtete ihr spitzes Kinn.

Wenn sie alt ist, wird sie aussehen wie eine Hexe, denkt er jetzt, dachte sie. Die Kleidung nicht gerade Weltniveau. Allerdings könnte sie mehr aus sich machen.

Nach den ersten Bildern merkte Beate, dass sie den Film schon kannte.

Wenn er die Amifilme alle im Original schon auf

DVD sieht, dann wird er den hier doch auch kennen. Dann ist er nur aus Höflichkeit darauf eingegangen. Sie könnte es ihm jetzt zuflüstern, er könne es zugeben, sie könnte es Vera sagen, und beide könnten aufstehen und sie wären aus dem Kino, bevor Vera auf den Gedanken käme, sich ihnen anschließen zu wollen. Außerdem hatte Beate Hunger. Andererseits schadete es auch nichts, sich den Film noch mal anzugucken. Sie las auch Bücher mehrmals. Sie sagte nichts. Sie wollte alles Kommende noch rauszögern.

Wie auch immer das hier ausgehen würde, sie hatte sich auf jeden Fall getraut. Sie hatte es tatsächlich gemacht, und nun saß sie neben diesem Jörg Hansen im Kino und wusste, auch er würde in diesem Moment ein paar Zusammenfassungen machen.

Ihr Resumee bisher: Ich sollte das aussprechen, was mir wirklich durch den Kopf geht: *Das Einfache, das schwer zu machen ist.*

Ein bisschen kam sie sich vor wie eine Frau, die mit Furcht und Aufregung darauf wartet, zum ersten Mal den Mann zu sehen, den sie gleich heiraten soll. Beate könnte diese Hochzeit hier allerdings einfach verlassen. Jetzt gleich, nach dem Kino oder nach dem Restaurant. Sie schaute auf die Leinwand und hatte den Faden verloren.

Sie drehte sich lächelnd zu ihrem Begleiter, der angestrengt nach vorne starrte.

Soll ich sagen, ich warte draußen? Ich gehe ein Bier trinken? Ich kenne den Streifen?

Woher diese Hemmung, über diese Zerrissenheiten zu sprechen? Er hat die doch auch. Man vergibt sich doch nichts. Ich bin doch zu nichts verpflichtet. Wir könnten uns völlig unbefangen Geschichten erzählen, auch von der Angst, die mit der Beantwortung einer solchen Anzeige verbunden war. Wir könnten über Sehnsüchte der fünf oder sechs Milliarden Menschen herziehen und die Schwierigkeit, überhaupt nur einen von ihnen näher kennenzulernen. Wir könnten über den Verlust der Großfamilie und die Angst vor der Kleinfamilie reden, über die Vor- und Nachteile arrangierter Ehen. Wir würden ein sehr unterschiedliches Vokabular benutzen. Bei ihm wäre es durchsetzt mit Anglizismen aus der Computersprache. Bei ihr mit Anspielungen aus der Literatur.

Sie hielten den Film aus, Vera verdrückte sich, sie saßen beim Wein in einem Restaurant.

Ich Bibliothekarin, du Programmierer. Ich Jane, du Tarzan.

Und nun.

Beate erzählte die Geschichte von einem Schriftsteller, der in einem seiner Romane von einem weinenden Mann erzählte, der einem anderen Mann gestand, dass er geweint hatte. An dieser Stelle errötete Beate. Sie wusste nicht mehr weiter. Sie hatte sich vergaloppiert und an die weinenden Anzeigenmänner gedacht. Sie konnte doch diesem Programmierer jetzt nicht erzählen, was wirklich in der Geschichte stand, nämlich, dass dieser Mann, vor lauter Glück, mit einer Frau zusammen zu sein, immer weinen musste und, um sich ihr gegenüber nicht lächerlich zu machen, mit den Frauen nur von hinten schlief.

Der Schriftsteller sagte Herrn Hansen nichts, die nur halb und pointenlos erzählte Geschichte auch nicht, mein Gott, wie komme ich da wieder heraus. Sie versuchte es mit Husten und der Bemerkung, sie bringe die Geschichte doch etwas durcheinander, und er, weil er darüber froh war, fragte, ob der Schriftsteller denn viel geschrieben habe. Ja, doch, eine ganze Menge. Und wie das Buch, die Bücher denn heißen?

Irgendwas mit Obst. Das kam der Wahrheit schon ziemlich nahe. Ja, er habe eine ganze Obstpalette beschriftstellert.

Sie wollte mit dem Thema aufhören. Sie wollte weg.

Er betrachtete sie wie einen liebenswerten Dinosaurier.

Und dann fasste sich Beate ein Herz und fragte Jörg Hansen, was er denn gemeint habe, mit dem Weinen?

– Nicht heute.

Tja, was nun? Noch mal ins Kino? Nächste Woche?

Tantra in der Wohngemeinschaft

HELGA AM KÜCHENTISCH in einer Wohnung bester Hamburger Lage hebt horchend den Kopf von einem Artikel in der ZEIT, in dem ein besorgter Journalist alle Argumente zusammengetragen hat, die es unwahrscheinlich machen, dass der Iran Israel angreifen wird. Warum sollte der Iran Selbstmord begehen? Er wäre doch Sekunden nach einem Angriff selber zerstört.

Jetzt also hebt sie horchend den Kopf. Würde Helga nicht wohnen, wo sie wohnt, dann würde sie die lange nicht gehörten und hier in dieser Wohnung von ihr überhaupt noch nie gehörten, lang gezogenen, dumpfen und außerdem männlichen Laute für Geräusche beim Geschlechtsverkehr halten. Sie schaut Richtung Waschmaschine. Die hat keinen Defekt. Aus dem Radio kommen die Töne auch nicht. Sie kommen durch die geöffnete Küchentür eindeutig von links, vom Ende des zwanzig Meter langen Flurs aus Richtung von Willis Zimmer. Herr Homburg, der sein Zimmer neben Willi hat, fällt ihr gar nicht ein, denn der ist Professor an der Fachhochschule und nur an drei Tagen der Woche da, und die sind gerade vorbei.

Vom anderen Ende des Flurs trampelt der vierzehnjährige Tom Richtung Küche oder Bad oder eben Richtung Willi. Vermutlich hat Tom das Geräusch auch gehört und kann es nicht einordnen? Denn dies ist eine asketische Wohngemeinschaft mit vier mittelalterlichen, gut situierten Leuten, die mehr oder weniger unfreiwillig gelernt haben, zölibatär zu leben, und einem offen verklemmten Halbwüchsigen. Tom trampelt zurück in sein Zimmer.

Helga beugt sich wieder über die Zeitung und versucht, nicht hinzuhören. Das geht aber nicht, denn die Geräusche gehen weiter, und das ist allein atemtechnisch erstaunlich. Vielleicht kommt alles doch aus dem Radio?

Helga steht so leise wie möglich vom etwas knarrenden Stuhl auf, hält den Atem an, balanciert die Zeitung in den weit ausgestreckten Armen, um das Knittergeräusch zu reduzieren und beugt sich so weit es geht hin zur Tür und konzentriert sich auf ihre Ohren. Das Geräusch *muss* aus Willis Zimmer kommen.

Am Abend vorher hatte Willi nämlich in der Küche inmitten einer Unterhaltung, als sie beide einen von ihm zubereiteten Salat aßen und sich die Maxipizza vom Pizzadienst teilten, plötzlich geseufzt und gesagt: »Oh, Helga, ich bin verliebt.«

Und dann hatte er ihr etwas von einem zauberhaften Wesen erzählt, das er gerade kennengelernt habe und das ihn demnächst auch hier besuchen werde. Aber musste er gleich am nächsten Tag seine Potenz den anderen Mitbewohnerinnen verkünden? Bisher hatte sie Willi als diskreten Menschen kennengelernt und eine solch taktlose Demonstration seiner Manneskraft traute sie ihm eigentlich nicht zu.

Tatsächlich war Helga, schon bevor sie sich mit der neuen ZEIT in die Küche setzte, etwas irritiert und hatte sogar kurz gedacht: Das kann doch nicht wahr sein! Denn als sie vor zehn Minuten nach Hause gekommen war, öffnete eine ihr unbekannte Frau gerade die Tür vom Gästeklo und Helga sagte so was wie: Oh, ein neues Gesicht. Das sagte sie laut genug, um von Willi gehört zu werden, dessen Zimmertür angelehnt war. Ihr Signal für ihn, dass sie Bescheid wisse und nicht stören würde, wenn, wie sie vermutete, bald klassische Musik aus dem Zimmer klänge. Sie wunderte sich nur darüber, dass das zauberhafte Wesen, auf das sie gestern eingestimmt worden war, schon so bald auftauchte und Helga auf den ersten Blick eher trutschig erschien. Überhaupt nicht Willis Stil. Von zauberhaft konnte keine Rede sein. Allein die Farben, in die sie gekleidet war. Eine Sekunde hatte Helga genügt, um das festzustellen. Zauberhaft. Ab und zu hatte sie Willi schon aufgezogen mit seinem Hang zum Kitsch.

Außerdem legte Willi Wert auf Etikette, und Helga war irritiert, dass er das Zauberwesen nicht wenigstens vor dem lauten Beischlaf den Mitbewohnern vorgestellt hatte. Aber hätte er ihr gestern in der Küche gesagt, dass er das zauberhafte Wesen übermorgen wieder treffen werde, wenn er vorhatte, die Frau schon morgen, also heute, in sein Bett zu zerren? Er hatte doch auch noch gesagt, fiel Helga ein, dass das zauberhafte Wesen in ihn, Willi, verliebt sei, aber Helga solle es noch nicht Babsi sagen.

Das hatte Helga auch nicht gemacht, obwohl es ihr schwergefallen war. Sie und Babsi hatten gestern noch spät in der Nacht zusammen in der Küche gesessen und auch über Willi gesprochen und ganz allgemein darüber, wie es wäre, wenn eine oder einer von ihnen mit einer Liebhaberin oder einem Liebhaber in der Wohnung erschiene. Und beide hatten festgestellt, dass sie inzwischen relativ eigenbrötlerische Menschen geworden waren, die feste Abläufe schätzten und keine Überraschungen liebten. Besonders Babsi hatte betont, sie hätte was dagegen, morgens plötzlich noch jemanden in der Küche zu sehen, weil sie morgens immer mufflig sei, und mehr an Wohngemeinschaft als jetzt sei für sie nicht drin. Babsi war die Mutter von Tom und die eigentliche Wohnungseigentümerin.

Überhaupt hatte Helga vorhin deshalb zur Zeitung gegriffen, um sich von dem Schrecken, den ihr der kurze Anblick des in verschiedene Brauntöne gekleideten zauberhaften Wesens verschafft hatte, abzulenken. Das neu ausgebrochene Liebesleben würde alle in der Wohngemeinschaft berühren.

Helga war also schnurstracks und irritiert nach der Kurzbegrüßung vor der Gästetoilette in die Küche gegangen, ohne irgendwelche weiteren Bemerkungen. Und nun zehn Minuten später dies! Eine mindestens Vierzigjährige, neu in einer fremden Wohnung, und gleich kriegen alle mit, was los ist? Helga stellte sich vor, wie die Frau da hinten im Zimmer eigentlich aus dem Konzept kommen müsste. Sie wusste ja nun, dass sie nicht allein mit Willi in der Wohnung war. Bei jedem Stöhnen des Mannes sträubten sich ihr vermutlich aus Peinlichkeit die Nackenhaare, und je lauter er seinen Genuss demonstrierte, desto mehr würden sich vielleicht ihre Ohren nach Mithörern aufstellen.

Sie müssten sich also an ein neues Gesicht gewöhnen, das ab und zu beim Abendbrot oder, schlimmer, zum Frühstück auftauchen würde. Außerdem ginge es um die Badorganisation. Während die anderen zusammen wohnten, weil sie sich gegenseitig vorher kennenlernen konnten, müssten sie nun die Liebhaberin möglicherweise ganz fraglos am Küchentisch akzeptieren, ohne wenigstens vorher mit Willi über die dadurch entstehenden Änderungen gesprochen zu haben. Alle hatten schließlich jede Menge Bücher über fast jede Form des Zusammenlebens, samt aller daraus hervorgehenden und damit verbundenen Schwierigkeiten und Konventionen, gelesen und konnten Konflikte aushalten und auch aussprechen.

Helga beugt sich wieder über den Artikel.

Vielleicht, denkt sie, deute ich diese Geräusche nur falsch. Ob Willi Schmerzen hat, ob ich hingehen soll und nachsehen?

Bin vielleicht ICH sexuell besessen?

Schon wieder trampelt Tom von seinem Ende der Wohnung ans andere, zum Bad. Natürlich hatte auch er die Geräusche bis in sein Zimmer gehört. Dass er nichts sagte, obwohl er sonst immer was sagte, ließ darauf schließen, dass er vermutlich beide Ohren nach Osten, Richtung Willis Zimmer, gerichtet, an seinem Schreibtisch gesessen hatte, so wie sie hier über der Zeitung.

Ist es ihr etwa peinlich, dass Tom das mitkriegt, fragt sich Helga. Eigentlich handelt es sich hier um einen liberalen Haushalt. Das garantiert schon die gemeinsame Vergangenheit – Nachklapp der Achtundsechziger. Helga will sich nicht mehr mit der Intimität des Sexlebens anderer Leute befassen. Schluss. Aus.

Aber sie kann sich auch nicht auf den Artikel konzentrieren. Sie liest diesen Absatz schon zum x-ten Mal und versteht kein Wort.

Nach der Küchenuhr dauert dieses Geräusch nun schon fünfundzwanzig Minuten. Anschwellend, abschwellend. Von der Frau hört man nichts. Was denkt die sich bloß?

Ein Gefühl von Mitleid und Verachtung entwickelt sich in Helga. Mitleid mit der vertrackten Situation, in der die Frau offenbar steckt, Verachtung für die Frau, die sich in eine solche Situation begeben hat. Es soll ihr niemand erzählen, dass eine Vierzigjährige sich nicht vorher das Ambiente passend gestalten könne.

Jedenfalls handelt es sich um eine eindrucksvolle atemtechnische Leistung, die sie dem Raucher Willi nicht zugetraut hätte. Wie ein lang gezogener Orgasmus. Und an so was mal beteiligt gewesen zu sein, ja, das war schön gewesen, seufzt Helga.

Sie liest die gleichen Sätze wieder und wieder. Sie liest über den Iran und denkt an den Geschlechtsverkehr. Hatte sie Willi falsch eingeschätzt?

Tagesschau-Zeit. In der Küche steht ein kleiner Apparat. Sie schaltet ihn an. Hätte ich auch früher drauf kommen können!

Die Wohnungstür geht auf, und Babsi kommt nach Hause.

Sie kommt in einer Geräuschpause in die Küche, der zweiten, seit Helga zuhört, und Babsi zuckt zusammen, als die Laute wieder einsetzen, und wirft Helga einen fragenden Blick zu. Die versucht, ihre Augen starr auf der ZEIT zu halten.

– Was ist das denn?, fragt Babsi und unterbricht das Aus- und Einräumen ihrer Einkäufe.

Helga zuckt die Achseln und stellt den Fernsehton ein bisschen lauter. Sie will preußisch korrekt ihr Versprechen Willi gegenüber halten und nicht sagen, dass Willi sich in ein zauberhaftes Wesen verliebt habe, mit dem er gerade vögelt und dass er es noch nicht vorgestellt habe. Vermutlich werde das Problem mit Bad und Frühstück und Abendessen, worüber sie gerade gestern Nacht gesprochen hatten, schneller auf sie zukommen als gedacht. Es wird Krach geben. Denn Babsi sitzt mit Kind in der Wohnung fest, die anderen, Kinderlosen, haben andere Alternativen. Für Babsi ist eigentlich Willis indiskretes Verhalten am schlimmsten.

Wenn er doch endlich den Mund hielte.

Sie faltet die Zeitung zusammen und fängt an, laut Zwiebeln zu hacken. Das macht Krach.

– Soll ich für alle etwas kochen?, fragt Helga.

– Ich weiß nicht. Ich hab schon gegessen. Tom auch, und Willi ist nicht da, sagt Babsi. – Er kommt erst morgen wieder, er musste plötzlich irgendwohin.

Helga erstarrt.

– Willi ist nicht da?, fragt sie leicht wankend, was ihr einen neuen Blick von Babsi einträgt.

– Nur Herr Homburg ist da, sagt Babsi. Unter sich nannten sie Volker Homburg nicht Volker, sondern Herr Homburg.

– Herr Homburg ist da, wiederholt Helga und macht die Küchentür zu, worauf sie vorher nicht gekommen war, mit der Bemerkung, es ziehe, und sagt, sie wolle doch nicht kochen.

Und dann bricht sie in Gelächter aus, weil ihr einfällt, dass Herr Homburg ihr eines Tages in der Küche bei einer ihrer seltenen Unterhaltungen berichtet hatte, dass er einen Tantrakurs in der Volkshochschule belegt habe.

– Was sie da machen würden, hatte Helga gefragt.

– Sie würden sich gegenseitig massieren und ein positives Gefühl zur Sexualität entwickeln, hatte er geantwortet. Es ginge um Loslassen und Heilung und Distanz und Nähe.

Und Helga hatte sich gewünscht, lieber nicht gefragt zu haben.

Innerlich bittet sie Willi für ihre Unterstellungen um Entschuldigung. Wie schnell hat ihr die Kombination von Frau und Willis offen stehender Tür einen falschen Schluss nahegelegt!

Aus Erleichterung erzählt sie Babsi von Herrn Homburgs Tantrakurs. Willi ist gerettet, und Herr Homburg, na ja, er zieht sowieso bald aus. Aber dann erzählt Helga auch gleich vom zauberhaften Wesen, was sie eigentlich nicht soll. Ohne diese Geschichte könnte sich Babsi die Personenkonstellation drüben, einige Meter weiter, kaum vorstellen. Babsi wird rot vor Lachen. Bei der Vorstellung, wie Herr Homburg und die Frau sich auf dem Bett wahrscheinlich im Lotussitz gegenübersitzen, sich in die Augen starren, tief atmen und sich gegenseitig anheulen. Das heißt, die

Frau kann es ja noch nicht. Babsi holt aus der Speisekammer einen Wein und öffnet die Küchentüre wieder.

Nachdem sie schon die halbe Flasche gut gelaunt getrunken haben, verenden die Laute – rein sportiv betrachtet, war es eine beachtliche Leistung. Herr Homburg geht in einem kurzärmligen T-Shirt und einer am Hintern hängenden Jogginghose an der Küche vorbei zum Gästeklo.

Er vermeidet es, in die Küche zu sehen. Sein Haar ist zerzaust, und er sieht erhitzt aus.

– Prost, sagen Helga und Babsi zueinander.

Der letzte Geschlechtsverkehr

DER LETZTE GESCHLECHTSVERKEHR – ein Unterschied zum ersten ist zum Beispiel, dass man sich an den ersten Beischlaf meist erinnern kann, wohingegen man beim letzten oft nicht weiß, dass es der letzte war, und also, während er geschieht, nicht weiß, dass die Umstände besondere sind und sich ein Abschied vollzieht, der im Moment nicht als Abschied begriffen wird. Erst viel später wird klar, dass da ein Ende war.

E., um die es hier geht, dämmerte es nämlich, dass ihr Beischlafleben abgeschlossen war, ohne dass sie das richtig mitgekriegt hatte. Ihm ging nicht Trennung voraus, sondern Krankheit ihres langjährigen Freundes, und sie grübelte bisweilen darüber nach, welche körperlichen Erinnerungen sie an andere Einschnitte hatte.

Die erste Menstruation und die letzte, die oft auch nicht die letzte ist, sondern neben allerlei Begleiterscheinungen so allmählich abebbt, versiegt, kläglich wiederkommt oder ganz undramatisch plötzlich weg ist. Jede Frau konnte ihr Lied davon singen. Es endet immer damit, dass etwas, was verlässlich da war, nicht immer erwünscht da war, zum falschen Zeitpunkt da war oder aussetzte und dann heiß herbeigesehnt wurde, eines Tages einfach verschwunden war. Damals hatte sie mit Beschwerden reagiert, vielleicht weil sie so heftig mit der ablaufenden Zeit und zum ersten Mal richtig mit dem Alter konfrontiert wurde. Oder der Moment, als sie zum ersten Mal ein anderes Leben in sich spürte, einen anderen und sich durchsetzenden Willen.

Und nun dies.

War es der Tag auf dem Sofa oder der auf dem Bett? Der Beischlaf mit ihrem Freund war nie aufregend, eher beruhigend. Sie kannten sich lange, waren aufeinander eingestellt. Die Gewohnheit stimmte beide zärtlich.

Der Reiz liegt in der Wiederholung, wie sie sich grinsend zu sagen pflegten.

Sie kannten ihre Körper von früher, hatten sich aus den Augen verloren, wiedergetroffen und sich aneinander erinnert so wie an Gerüche oder Gerichte aus der Kinderzeit, denen man später manchmal unerwartet begegnet und die Freude und Melancholie auslösen. Diese lange Bekanntschaft war vermutlich die Voraussetzung, sich auch jetzt noch anfassen zu können. Ihre jungen beweglichen Glieder waren als Erinnerung noch im Kopf. Das machte ihre runzliger werdende Haut zwar nicht begehrlicher, aber auch nicht abstoßend. Man könnte sagen, es geschah alles mit einer gewissen liebevollen ironischen Distanz. Zudem hatten sie sich immer etwas zu erzählen, und darum war es zwischen ihnen entspannt, und als Ästheten sorgten sie in stiller Übereinkunft für gedämpftes Licht oder gar Dunkelheit. Anders als damals, als es der Hunger nach der anderen Haut und dem anderen Körper war, wäre ihr Zusammensein heute mit »verlässlicher Zuneigung« zu beschreiben. Deswegen schon konnte E. es sich mit einem neuen, unbekannten alten Mann kaum vorstellen. Sie konnte sich auch nicht vorstellen, wie es die vielen alten Ehepaare miteinander ertrugen, die sich weder etwas zu sagen hatten, noch weiter miteinander schliefen, aber dennoch jahraus, jahrein stumm in den Ehebetten nebeneinanderlagen.

Nun ja, wie es die anderen trieben oder auch nicht, waren nicht E.s Probleme. Ihre Probleme waren eher wissenschaftlicher Natur. Sie war gewissermaßen fleischgewordenes Versuchskaninchen: Sie hatte die

Lebenserwartung früherer Generationen mehrfach überschritten, sie war gesund und aktiv, sie war als Frau einigermaßen gleichberechtigt, sie hatte mit entwickelt und entdeckt und darauf bestanden, dass auch Frauen sexuell begehren. Aber nun fragte sie sich, ob das immer so weitergehen sollte, wie propagiert wur-de, oder ob sie sich selbstbewusst von ihren Entdeckungen auch wieder verabschieden konnte und zugeben, dass diese Entdeckungen sie nicht mehr betrafen?

Als junge Frau war sie begehrenswert für Junge und Alte gewesen. Heute, ehrlich betrachtet, höchstens für noch Ältere. Rein sexuell gesehen, würde sie auch lie-ber mit einem Jüngeren schlafen, wäre da nicht die Furcht vor versiegenden Gesprächen, die Furcht, damit so was wie Inzest zu begehen, und die Peinlichkeit, sich nur noch mit Mühe ihre Strümpfe anziehen zu können. Wenn sie sich tatsächlich mit einem Jüngeren wieder daran gewöhnen könnte, müsste sie anders als er das Ende im Blick haben und ihn wieder gehen lassen können. Außerdem wäre im Hinterkopf vermutlich der Gedanke, es doch nur mit einem Erbschleicher zu tun zu haben. Frauen dachten offenbar doch anders als die vielen männlichen pensionierten Hochschulprofessoren, die sie kannte, die ihre Studentinnen heirateten und eifersüchtig darüber wachten, dass sie nicht fremdgingen.

Denn, sie musste es sich einfach mal eingestehen, es war nicht mehr so häufig wie früher, aber ab und an fühlte sie doch dieses tiefe Begehren, das in ihr pochte und vielleicht den Rest einer uralten Paarungsbereitschaft ankündigte und nun weder von ihrem kranken Freund noch durch Selbstbefriedigung gestillt werden konnte.

Aber schließlich konnte man im Leben nicht alles haben, was man wollte. Das war ihr schon als Kind klargemacht worden, und sie hatte das nie infrage gestellt. Offenbar war auf dem Gebiet der Sexualität eine Umkehr eingetreten. Zwar wussten und akzeptierten alle Leute, dass nicht jeder reich sein konnte. Das wurde fraglos, wenn auch neidisch hingenommen. Nicht dagegen akzeptiert wurde natürliche Unfruchtbarkeit oder dass die Flüge nach Mallorca teurer wurden. Da wurde öffentlich auf Abhilfe gesonnen.

E. jedenfalls war noch geneigt, diese ihre gelegentliche Unruhe für ihr Privatproblem zu halten. Und sie hatte, anders als beim Ende der Menstruation, bei diesem Abschied vom Sex auch keinerlei körperliche Beschwerden.

Ihre Neugierde nahm dagegen zu. Um mit sich ins

Reine zu kommen, musste sie einfach herausfinden, ob sie möglicherweise durch ihre Belesenheit, den allgemeinen Trend, durch hochgestochene wissenschaftliche Artikel oder durch wissenschaftliche Artikel in populären Frauenzeitschriften inzwischen so konditioniert war, dass sie sich geradezu genötigt sah, diesen Abschied von der Sexualität nicht einfach hinzunehmen, wie das bei früheren Frauengenerationen offenbar üblich war und sogar herbeigesehnt wurde. Wurde sie doch allerorten, sogar schon in Spielfilmen, mit Sex im Alter konfrontiert und unterschwellig aufgefordert, unbedingt mitzuhalten, als sei es die natürlichste Sache der Welt.

Was, um Gottes willen, sollte daran natürlich sein?

Sie kannte Frauen um die sechzig, die gar nicht aufgefordert werden mussten, sondern ihre Mitmenschen sowieso mehr oder weniger diskret wissen ließen, dass sie noch mitmischten auf diesem Gebiet. »Voll vital« hieß es von so einer. Für Frauen war »Sex im Alter« so eine Art Statussymbol. E. fand das alles ziemlich schaurig und vor allem kompliziert. Ab und an allerdings hatte sie auch Einbrüche von Zweifel und frag-te sich, ob sie vielleicht nur zu faul sei, um bei diesem für alle Altersklassen propagierten Spiel selber immer weiter mitzumachen und die Anstrengungen auf sich zu nehmen, sich nach jemandem umzusehen. Was sollte ihr das noch Neues bieten? E. fand diese unter-schwellige Aufforderung zum Sexualleben auch im vorgerückten Alter, am besten mit verschiedenen Medikamenten, die in den Anzeigen jeder Apothekenrundschau propagiert wurden, ebenso schrecklich wie die kürzlich wieder neu aufgelebten Zölibatsdebatten unter katholischen Priestern. Um Missbrauch zu verhindern, propagierten fortschrittliche Diskutanten, die Gefährdeten zu verheiraten, damit sie eine Frau zur Triebabfuhr hatten und keine Kinder mehr missbrauchen mussten. Diakonissen, die ja ebenfalls zölibatär zu leben hatten, wurden diese Vorschläge nicht gemacht.

E. war nicht nur, sondern fühlte sich inzwischen selber wie eine soziologische Unterkategorie. Das war ein merkwürdiges Gefühl, weil sie sich umstellt sah von Begriffsfeldern, von Ideengeschichten, genauer, von Bildern aus Ideengeschichten, die ihr Handeln und Fühlen zumindest beeinflussten, ob sie wollte oder nicht. »Gebildete Mitteleuropäerin der Mittelklasse, zwischen sechzig und siebzig, Teilnehmerin am sexuellen Aufbruch in den Sechzigern«.

E. als Angehörige der weiblichen sexuellen Pioniergeneration der Sechziger- und Siebzigerjahre war nun konfrontiert mit dem Feld »Alte Frau«.

Deshalb war ihr auch klar, dass das Ende des Geschlechtsverkehrs bei ihr vermutlich vollkommen andere Gefühle auslösen würde als der gleiche Vorgang bei großstädtischen Asiatinnen, beschnittenen Afrikanerinnen, türkischen Migrantinnen aus entfernten Dörfern, die als Jungfrauen in die Ehe gingen und ihr Wissen allein auf den Umgang mit dem einen Ehemann stützten. Die Analphabetinnen unter ihnen wussten nicht einmal, dass diese Erfahrungslosigkeit in den kapitalistischen Demokratien inzwischen unmodern geworden war.

Die unterschiedlichen Frauenbilder und kategorischen Imperative verschiedener Jahrhunderte existierten nebeneinander her.

E. jedenfalls war längst aus der sicheren Überzeugung gefallen, in der sie noch selbstbewusst wie ihre Großmütter hätte sagen können, dass ihre sexuell aktive Zeit abgelaufen sei. Das schickte sich heute ganz einfach nicht in ihren Kreisen. Es gehörte sich nicht. Es erforderte geradezu Mut, das Ende öffentlich zu akzeptieren. Es war definitiv anders als bei den Müttern, Großmüttern, Tanten, die früher froh dieses abgeschlossene Kapitel feierten, das den meisten, wie man heute weiß, von Anfang an eher Bürde und Last als Vergnügen gewesen war. Diese Frauen hatten ja meist nicht einmal einen Begriff davon, dass es vielleicht anders sein könnte. Sex war notwendig zum Kinderkriegen, sonst Gotteslästerung. Wie die Engländerinnen zu sagen pflegten: Augen zu und an England denken. Alter und Sex war eine Steigerung der Ungehörigkeit. Es gab für diese neue Generation, der E. angehörte, noch keine Vorbilder.

Es half E. gerade gar nichts, dass sie doch bei der sexuellen Befreiung in den letzen vierzig Jahren heftig mitgemischt hatte, ein echter Profi auf diesem Gebiet geworden war und zum Beispiel gelernt hatte, dass auch das Vergnügen am Sex gelernt werden musste. Das ging eben nicht mehr, wie in den Generationen davor verlangt, nur mit einem. Ohne Fleiß kein Preis. Hier traf es zu.

Für Leute in ihrem Alter gab es den Ausdruck »Jenseits von Gut und Böse«. Früher, vor noch nicht allzu langer Zeit, sagte man das schon von Vierzigjährigen.

Fällt es mir schwer zuzugeben, dass ich alt bin? Und bin ich alt, wenn ich nicht mehr vögeln kann? Oder will? Im Gegensatz zu alten Männern könnte ich ja wenigstens.

Obwohl E. *für ihr Alter* gut aussah, sich immer

zurechtmachte, bevor sie das Haus verließ, konnten Gleichaltrige sie zwar für jünger halten, aber Jüngeren konnte sie nichts vormachen.

Neulich kam ihr doch so ein vielleicht Dreißigjähriger entgegen, selbstbewusst, im Wiegeschritt, grinst sie an, breitet die Arme aus und sagt zu ihr doch: Na, Oma!

E. ist Oma.

Worauf es aber ankommt und was ihr noch Stunden später als immer neuer Beleidigungsschock in den Kopf stieg, war dies: dass da ein auch nicht mehr so junger Schnösel sie auf offener Straße als Oma bezeichnen konnte und sie nach dem ersten Luftschnappen mit nichts anderem antworten konnte als mit: Selber Opa. Der Verlust der Schlagfertigkeit ließ sie sich alt fühlen.

Nach dem durch Sex versüßten Kinderkriegen, wenigstens bei ihr war es so, nach Erfüllung aller damit zusammenhängenden Aufgaben, die inzwischen schon von den eigenen Kindern bewältigt werden mussten, war sie jetzt also auf dem absteigenden Ast und musste das nur noch vor sich selber zugeben. Die Haut wurde runzlig, die Lippen schrumpften, was sie manchmal direkt fühlen konnte, die Haare wurden dünner und mussten immer öfter gefärbt werden. Gib es also zu und bekenne dich dazu, ein biologisches Wesen zu sein. Jedes Ding hat seine Zeit. Ihre war, was den GV betraf, nun abgelaufen.

Es war nicht einmal ein dramatischer Abschluss. Dramatisch war er nicht, weil der Beischlaf sowieso nicht mehr zur Routine gehörte. Das Geschlechtsleben hatte sich gewissermaßen schon über längere Zeit durch die Hintertür verabschiedet.

Wie viele Jahrzehnte hatte sie gerne gevögelt? Und was für Dramen waren damit verknüpft! Dreißig, vierzig, fünfzig Jahre? Mit wie vielen? Vermisst sie es eigentlich? Was vermisst sie, wenn sie glaubt, sie vermisse was?

War es nicht so, dass sie im Grunde keinen Gedanken mehr daran verschwendet hatte, sondern die gelegentlichen Ficks selbstverständlich, aber unaufgeregt hingenommen hatte? Eigentlich interessierte sie sich inzwischen mehr für andere Dinge: für die Lügen in der Politik, für die weltweite Energieversorgung, aber auch dafür, ob es in diesem Jahr noch Bienen geben würde und ob sie noch mal eine gute Rolle kriegen würde (sie war Schauspielerin). Und sie machte sich recht viele Gedanken darüber, was bleiben würde von ihr. Sie verbrachte inzwischen viel Zeit mit dem Ordnen von Papieren und Briefen, die in großen Kisten auf dem Boden standen. Sie schmiss immer mehr weg. Auch ihre vielen Bücherregale hatte sie schon ausgemistet und die Bücher an alle möglichen Institutionen weitergegeben.

E. hatte haufenweise Videobänder, in denen sie selber auftauchte, die meisten inzwischen auf DVD überspielt. Die DVDs waren zwar platzsparend, aber sie waren, wie sie inzwischen auch wusste, äußerst anfällig, und sicher war es nicht, dass sie in einigen Jahren noch brauchbar waren. Sie wurde nicht nur älter, sie wäre eines Tages eben auch weg, und dann gäbe es zum Beweis ihrer Existenz nur noch diese allmählich verblassenden Scheiben und Bänder. Sie kannte (männliche) Künstler, die ihr zukünftiges Verschwinden noch mehr umtrieb als sie und die den Ehrgeiz hatten, auch noch in tausend Jahren zitiert zu werden. Die ihr Werk, waren sie berühmt genug, in irgendwelchen Bunkern unterbringen konnten, die so gesichert und so tief unter der Erde waren, dass kein anderes Archiv der Welt da mithalten konnte, wie sie meinten. Aber, so fragte sich E., was sollte das? Irgendwann würde wieder ein Meteorit auf die Erde fallen und alles wäre weg, früher oder später. Und selbst wenn der tiefe Bunker noch etwas bewahren würde, wüssten die zukünftigen Dinosaurier damit nichts anzufangen.

E.s Aufräumarbeiten führten sie auch immer öfter dazu, über ihr Begräbnis nachzudenken. Sie traute ihren Kindern keine kontinuierliche Grabpflege zu. Dazu hatten sie bei ihren Berufen gar keine Zeit und lebten noch dazu verstreut an allen möglichen wechselnden Orten. Eine Zeit lang würde sie erinnert, dann wären auch diese Spuren beseitigt und sie wäre in das allgemeine Vergessen geglitten. E. ging zwar gerne auf Friedhöfe und schaute sich alte Gräber an und würde selber gerne in so einem alten Familiengrab liegen und wissen, dass ab und an die Kinder oder ihre alten, noch lebenden Freunde sie da besuchten. Aber welcher Aufwand und welche Kosten für die Hinterbliebenen das doch war. E. hatte doch jetzt als Lebende schon keinen festen Platz, war es gewohnt, immerzu auf Achse zu sein. Es widerstrebte ihr zwar, aber sie freundete sich mehr und mehr mit dem Gedanken an eine anonyme Bestattung an. Irgendwo unter einem Baum vielleicht, als Pflanzenfutter.

Die Organisation der Zukunft ohne sie nahm also reichlich Platz ein und war der Grund dafür, dass die Sache mit dem Sex sie nicht wirklich beschäftigte. Sex wurde ihr zunehmend gleichgültig.

Denn dass die Frauen es genauso machten wie die vielen Männer, dass also die neuen aufgeklärten und gebildeten Mittelstandsfrauen ihr Geld in Männer anlegten, die dafür Sex zu bieten hatten, war doch bei genauer Betrachtung dessen, was sich in Kopf und Körper abspielte, überhaupt keine Alternative. Tatsächlich drifteten die Interessen immer weiter auseinander, und die Männer ihres Alters wurden für E. schon deswegen immer uninteressanter, weil viele so tief in vergangenen Strukturen gefangen schienen und ihr unerwachsen vorkamen mit ihren immer jüngeren Frauen.

Vielleicht fehlte ihr nur noch ein winziges Stückchen Mut, um zuzugeben, dass Philosophie sie heute mehr interessiere. Wer weiß, was sie da noch entdecken konnte.

Es war doch einfach so, dass E. und ihr Freund schon vor seiner Krankheit träge geworden waren.

Sie konnten herzlich lachen über die Szene, in der die alte Sophia Loren in dem Film »Pret-à-porter« von Altman ihrem früheren Liebhaber Marcello Mastroianni nach langen Jahren begegnet. Sie wollen noch einmal die Nacht zusammen verbringen. Er liegt auf dem Bett und schaut ihr freundlich und auch gerührt bei ihrem Striptease zu, den sie zärtlich und ein bisschen ironisch inszeniert. Aber nicht lange. Wie sie bald bemerkt, ist er schon nach dreißig Sekunden eingeschlafen.

Es geht nicht – schon wegen der Möbel

A. GING AUF DIE sechzig zu. Seit mindestens zehn Jahren führte sie ein mönchisches Leben. Ein mönchisches Leben in der Art, wie sich der Papst das von seinen Priestern, Bischöfen, Kardinälen und Mönchen nur wünschen konnte. Das heißt, sie lebte keusch im eigentlichen Sinne, ohne gelegentliche Ausbrecher, ohne andere zu missbrauchen oder zu bezahlen. Sie selber verleitete das ab und an selbstironisch zu dem Spruch *Man preise nicht die Sittlichkeit, wenn Mangel an Gelegenheit.*

Sie guckte sich schon um. Es war ihr kein ganz dringliches Anliegen und beanspruchte ihre Aufmerksamkeit eher nebenher. Bis an ihr Lebensende allein zu bleiben, war ja nicht beabsichtigt gewesen, sondern hatte sich eher als Konsequenz vorangegangener Liebesdramen so ergeben. Ihr langes Alleinsein hatte sie in eine Situation gebracht, die im täglichen Leben geradezu stigmatisiert war. Zwar wurde darüber viel geschrieben und einsame Menschen füllten die Wartezimmer der Psychodoktoren, aber die Leute, die es betraf, taten gut daran, sich das nicht anmerken zu lassen, weil sie sich nicht auch noch mit dem Mitleid befassen und auch nicht zugeben wollten, dass es verdammt schwer sein konnte, zu Ereignissen, die normalerweise paarweise besucht wurden, allein zu erscheinen - oder, noch häufiger, gar nicht erst eingeladen zu werden.

Ab und an gab es potenzielle Gelegenheiten der sexuellen Kommunikation. Diejenigen, die A. vage ins Auge fasste und über die sie nachdachte, merkten normalerweise nicht einmal was davon. Banker waren komischerweise nie dabei, auch keine kleinen oder größeren Unternehmer, Handwerker, Ingenieure, Naturwissenschaftler oder Politiker. Ihr fiel auf, dass sie sich eigentlich gewohnheitsmäßig auf sehr eingeschränktem Gebiet bewegte: alle möglichen Ärzte, Juristen, Wissenschaftler, Schauspieler, Künstler, Journalisten und verwandte Berufe gerieten in den Focus ihrer Aufmerksamkeit. Leute aus den Feuilletons. Als sie das feststellte, fand sie es merkwürdig und fragte sich, ob es mit Vorurteilen gegenüber anderen Schichten zu tun haben könnte. Irgendwie sollte es möglich sein, dachte sie, ohne große Anstrengungen diese

Enge, in die sie offenbar hineingeraten war, ohne dies lange überhaupt zu bemerken, aufzubrechen. Einfach wäre das nicht gerade, denn wie sollte sie als Rundfunkredakteurin mit Schwerpunkt Theater überhaupt in die Nähe von Ingenieuren, Landwirten, Politikern usw. kommen und außerdem die Zeit und die Gelegenheiten finden, solche Leute zwanglos kennenzulernen, die ihren Horizont würden erweitern können?

Sie wollte schließlich ihre Zeit nicht mit den halbwegs interessanten Witwern verplempern, die ihrerseits auf der Suche nach einer Partnerin für den Lebensabend waren und irgendwie von ihr gehört hatten und sie für jung genug hielten, ihnen die Alltagsanstrengungen endlich wieder abnehmen zu können, ohne Kosten zu verursachen. Aber obwohl grundsätzlich nicht abgeneigt und sogar selber halbherzig auf der Suche, überfiel A. das große Gähnen, kaum eröffnete sich eine solche Situation. Sie sehnte sich nach keinem herkömmlichen Paarleben, sondern nach einer Lebensweise, die nicht ihr schwer erworbenes Wissen über Geschichte und die Schwierigkeiten des Zusammenlebens von Männern und Frauen verleugnete. Ja, richtige Liebe wäre etwas Schönes. Doch normalerweise konnte sie sich bei solchen Annäherungsversuchen aufgrund ihrer früheren Erfahrungen die nächsten Schritte derartig gut vorstellen, dass sie meist schon nach Sekunden genug hatte. Oder auch einfach zu faul war, die voraussehbaren Gespräche über eine eventuelle Neuorganisierung des Lebens noch mal zu führen. Es war einfach so, dass sie den Mann nicht mehr zur Selbstvergewisserung und als Statussymbol brauchte, und damit fiel die alte, Sicherheit gebende Arbeitsteilung, die früher auch für Gefühle gesorgt hatte, für sie schon mal weg. Das traf beim Gegenüber auch bei größter Aufgeschlossenheit meist auf eine Erkenntnislücke. Jedenfalls bei Männern ihrer Generation. Ihr Verlangen ließ sich auch nicht damit übersetzen, dass sie inzwischen von ihm nur noch »das eine« wollte. Das wollte sie zwar auch, aber es sollte nicht mehr eingebettet sein in eine Menge anderer fast selbstverständlicher Beigaben, die sich erst im Lauf der Zeit entfalten und immer mächtiger würden: von gemeinsamen Steuererklärungen bis zu der Frage, wann wer kocht, sauber macht, die Wäsche aufhängt usw. So viel Intimität wollte sie auch bei möglicher Liebe nicht mehr. Über die ungewollten Zutaten einer Beziehung meinte A. definitiv mehr zu wissen als irgendein noch so bewusster Mann. Leider. Schließlich hatte sie jahrelang mit ihren Freundinnen immer wieder auch die Grundlagen von Beziehungen zerlegt, das Begehren von der Sicherheit getrennt, die Liebe von Ängsten usw. Sie hatte selber mit dafür gesorgt, dass von Männern mehr als ihre Männlichkeit verlangt wurde. Sie stand nicht gerade vor den Scherben ihrer Anstrengungen, das nicht, aber dass die Folgen ihrer Analysen ihr und den meisten anderen Frauen ihrer Generation über den Kopf wuchsen, auch wenn sie einen richtigen Ausgangspunkt hatten, den A. nach wie vor akzeptierte, das sah sie wohl. Dass intellektuelle, großstädtische Frauen ihrer Generation im Alter in der Mehrzahl alleine ihr Leben meisterten, wenn sie nicht gerade lesbisch wurden oder waren, das lag ja nur allzu offensichtlich auf der Hand, und dass es Männern im Schnitt nicht so ging, ebenso. Es gab also die vielen älteren, allein wohnenden, gut ausgebildeten Frauen und parallel dazu die mit ihnen gleich alten Männer mit neuen jüngeren Frauen.

Das bezog sich zwar nur auf eine kleine Minderheit von Intellektuellen, die sich mit diesen Fragen herumschlugen. Aber da war A. mit ein paar anderen Frauen gewissermaßen Avantgarde. Die meisten suchten doch immer wieder von Neuem nach dem perfekten Zusammenleben, das mit einigen neuen Freiheiten angereichert war. Es war tatsächlich eine existenziell schwierige Situation, für die es keine geschichtlichen Parallelen gab.

Meistens kam A. gut mit dem Alleinsein zurecht. Aber dann und wann packte sie die Sehnsucht nach einem anderen Körper. Die Sehnsucht nach Liebe und Nähe und Gemeinsamkeit und Vertrauen und fortlaufenden Gesprächen wagte sie sich selber gar nicht mehr einzugestehen.

Und obwohl sie das alles schon wusste, nahm sie doch mit Erstaunen jedes Mal zur Kenntnis, wenn wieder ein älterer oder alternder Politiker oder ein anderer Prominenter, der, kaum war seine eigene mehr oder weniger gleichaltrige Ehefrau unter der Erde, schon nach wenigen Monaten oder sogar Wochen eine wesentlich Jüngere heiratete. Bei diesen Ehen mit als bedeutsam gehandelten Männern schien zum einen die Regel außer Kraft gesetzt, dass Frauen ihre Männer meist überleben, und zum anderen fanden sich immer wieder diese Jüngeren, die in die Fußstapfen der Verstorbenen traten und die Verpflichtungen »der Frau an seiner Seite« übernahmen. Wie schafften es diese Zweit- oder Drittfrauen bloß, die ja nicht mehr erfahrungslos und als Jungfrauen in die Ehe gingen, diese alten Knacker in A.s Alter zu heiraten, fragte sie sich nicht neidisch, sondern echt verwundert.

A. hätte wirklich gerne mehr darüber gewusst. Es beschäftigte sie, ob diese jungen Frauen entweder keine Selbstsicherheit hatten und froh waren über die Aufmerksamkeiten ihrer älteren Liebhaber, sich ernst genommen fühlten, endlich verstanden und anerkannt, während die vielleicht nur darüber froh waren, so eine glatte Haut neben sich zu spüren, was ihnen jede Art von Zuwendung wert war. Oder waren die jungen Frauen beides: sowohl selbstsicher als auch froh über die Aufmerksamkeiten? Aber wie auch immer sie das drehte, es schienen A. Verbindungen zu sein, die möglicherweise auf Missverständnissen beruhten und dennoch gut funktionieren konnten. Vielleicht war es Liebe, wenn man die verschiedenartigen Interessen unter einen Hut bringen konnte.

Oder waren diese jungen Frauen so realistisch und hartgesotten, dass sie in Anbetracht einer möglichen Zukunft mit Hartz 4, dem Bewusstsein über die Vergänglichkeit der Schönheit, dem engen Zeitfenster, das ihnen blieb usw. sich einfach desensibilisierten (was die Leidenschaft betraf) – das lernten sie ja permanent auch auf anderen Gebieten – und sich erst mal eine vernünftige finanzielle Grundlage schaffen wollten?

Erst kürzlich hatte A. in ihrer Zeitung zwei nebeneinanderstehende Artikel im Feuilleton gelesen, über die sie herzlich lachen musste: Der eine beschrieb weitschweifig einen Film, in dem eine Frau von Mitte sechzig *in ihren späten Jahren* noch eine Amour fou erlebt, natürlich mit einem älteren, knapp achtzigjährigen Mann, und das leider auch noch *mit allen Konsequenzen* demonstriert; der andere, zwei Spalten weiter, informierte in allergrößter Selbstverständlichkeit darüber, dass der siebzigjährige Sänger XY gerade seine vierzig Jahre jüngere Freundin (ohne Angabe ihres Namens) geehelicht hatte. Sie fand das komisch.

Manchmal verglich sich A. mit den Kriegerwitwen nach 1945. Die hatten sich notgedrungen, obwohl damals noch viel jünger als A. heute, über Jahrzehnte mit ihrem sexlosen Zustand arrangieren müssen. Damals gab es einfach mehr Frauen als Männer. Heute gibt es zwar genug, aber eben nicht mehr für A.

So ging es nicht nur ihr, sondern offensichtlich vielen Frauen, und A. vermutete, dass es mit längerer Lebenserwartung, wirtschaftlicher Selbstständigkeit, Gleichberechtigung und höheren Ansprüchen an die Liebhaber zu tun hatte. Insgesamt schien es jedenfalls ein neues, auffälliges Phänomen zu sein. A. war, was die Zukunft betraf, ein eher pessimistischer Mensch, der sich nur zu gut zukünftige Katastrophen vorstellen konnte, insofern war sie froh über ihre begrenzte Zeit. Sie würde nur gerne wissen, wie die Geschlechter wohl in zweihundert Jahren miteinander lebten. Vielleicht gäbe es dann eine Lösung für die vielen neuen Probleme, und bis dahin galt es, das Beste daraus zu machen.

A. überlegte, ob die Situation heute schlimmer oder weniger schlimm war als für die Kriegerwitwen. Deren reales Leben war natürlich unvergleichlich härter gewesen, aber philosophisch betrachtet hatten die Frauen damals doch noch ein mehr oder weniger gefestigtes Weltbild mit klar verteilten Rollen und der Vorstellung von gesellschaftlich unveränderbaren Strukturen, die zwar durch den Krieg außer Kraft gesetzt waren, aber doch einen Maßstab bildeten. Irgendwann würde sich alles wieder einrenken, glaubten sie. Aber A. glaubte nicht mehr wirklich an die Familie als Struktur gebende Gesellschaftsform, dazu war sie zu sehr belastet mit der jahrhundertelangen Rechtlosigkeit, mitunter sogar der Versklavung von Frauen.

Irgendwann in den letzten Monaten hatte A. die existenzielle Einsamkeit begriffen. Ganz ohne Gott, klösterliche Gemeinschaft und andere Hilfskonstruktionen zur Erleichterung der Einsamkeit, erlebten sie und andere Frauen und hielten es aus, dass der Mensch allein ist.

Diejenigen, die über ihre Situation nicht philosophieren wollten oder konnten und sie für ungerecht und empörend hielten, fanden in Mitteleuropa immerhin Ersatz: Gab es doch massenhaft Angebote für Frauenreisen, Frauensport, Frauenprogramme usw. usw., für jedes unsexuelle Interesse und für jeden Geldbeutel etwas. Das war ein Fortschritt, ohne Frage. Es sah so aus, als sei das alles normal und als würden Frauen sowieso nichts lieber tun als mit Frauen zu wandern oder im Alter mit anderen Frauen zusammenzuziehen.

Ein bisschen war ja auch was dran. Aber die vielen Anzeigen über diverse Frauenaktivitäten (nie umgekehrt) häuften sich geradezu beschwörend auch in seriösen Zeitungen und machten doch sehr den Eindruck, da etwas Beunruhigendes unter dem Deckel halten zu müssen.

Bei A. kam hinzu, dass sie sich auch keine lesbische Beziehung vorstellen konnte.

Abgesehen davon, dass sie es mit dem alten Fritz hielt, der gesagt hatte, das jeder nach seiner Fasson selig werden möge und der dabei natürlich auch nur an Männer gedacht hatte, beobachtete sie doch, dass in den Frauenbeziehungen meist genauso viel verschwiegen, gelogen und unterdrückt wurde wie in anderen Verhältnissen auch. Allerdings schienen ihr diese Verhältnisse im Ganzen kommunikativer, und das war ja schon was.

A. jedenfalls hatte sexuell an Frauen einfach keinen Spaß, wie sie irgendwann mal festgestellt hatte.

Inzwischen kannte sie sogar einige Frauen, die nur aus dem Grund lesbisch geworden waren, weil keine passenden Männer in Sicht waren, oder besser, weil sie nicht in deren Sicht gerieten, aber auch nicht allein bleiben wollten und sich auf diese Weise arrangierten. Das war eine praktische Lösung, weil zumindest im Gebiet der Europäischen Union inzwischen nahezu jede sexuelle Orientierung mehr oder weniger anerkannt war, und wenn es Diskriminierungen gab, wurde dagegen angegangen. Den meisten ging es dabei sowieso mehr um Sicherheit und andere Vorteile der Zweisamkeit als um Rausch.

A.s Begehren richtete sich auf Männer, auch wenn kaum ein Objekt der Begierde in ihr Blickfeld geriet. Die gleichaltrigen Männer, für die sie zu alt war, waren für A. wiederum meist weder interessant noch erotisch. Ab einem bestimmten Alter, wenn die sexuelle Neugierde weitgehend befriedigt war, gab es ein merkwürdiges Patt in der gegenseitigen Ablehnung, und da standen sie nun wie die Kuh und der Ochs vor dem Berg und mühten sich damit ab herauszufinden, worin eigentlich die Anziehung bestanden hatte und welche Strukturen dies geschaffen hatte, die jetzt offenbar nichts mehr taugten. Ganz abgesehen von so praktischen Problemen, die individuelle oder vorübergehende Lösungen zusätzlich erschwerten: Die jüngeren Männer verloren mit einer älteren Frau fast immer ihren Status in der eigenen Männergruppe, während die Frauen mit jüngerem Liebhaber eher Bewunderung im eigenen Freundinnenkreis erregten. Aber A. wusste, wie anstrengend es für sie sein konnte, mit einem jüngeren Mann zum Beispiel auf eine Party zu gehen mit Musik, die sie nicht kannte und den ironischen Blicken und Bemerkungen der jungen Frauen ausgesetzt zu sein, die ihre Enkeltöchter sein könnten.

Also blieben das sporadische Verlangen nach Sex und ein allgemeines Bedürfnis nach Liebe, Nähe, Wärme, Sicherheit und einem diffusen Geflecht aus Gefühlen, die noch aus Jugendzeiten stammten und früher mal mit Ehe und Liebe verbunden gewesen waren, was alles zusammengenommen es für Frauen weitgehend unmöglich machte, sich wie Männer Sex einfach zu kaufen.

A. empfand sich also als Teil eines größeren gesellschaftlichen Problems, nicht als dessen Lösung. Sie sah wohl, dass ein »Partner« (oder Partnerin) in Westeuropa gewissermaßen vorausgesetzt wurde, um einen sozial verankerten Eindruck zu machen. Bisweilen erschrak sie auch bei dem Gedanken, ob sie ihre Schwierigkeiten zu Unrecht generalisierte und sich Probleme einbildete. Die Befreiung aus den Gefängnissen der Ehe, die Gleichberechtigung und Emanzipation und das Wissen darüber, dass auch Frauen sexuelle Gefühle haben, die sich mal auf den oder die richten konnten, hatte ja tatsächlich alte Fesseln zerstört, aber eben noch keine neuen verbindlichen Formen geschaffen.

Dass es formlos war, dieses Leben, das war vermutlich der Grund für die vielen Traurigkeiten vieler Frauen um sie herum.

A. ließ die türkischen, somalischen, arabischen Frauen, die sie kannte oder von denen sie auch nur gehört hatte, in ihrem Kopf Revue passieren, denen so etwas Romantisches wie einen gleichberechtigten Austausch auf Augenhöhe mit einem Mann zu fordern, um ein erfülltes Leben zu behaupten, niemals eingefallen wäre. Dazu waren die gewohnten Lebensweisen der Geschlechter doch zu verschieden.

Vom Grundsatz her schien diese Trennung der Bereiche jedenfalls eine bedenkenswerte Möglichkeit, das Leben zu organisieren, wenn sie nur vollkommen freiwillig wäre. Aber wie sollten die in ihrer Mehrheit hier lebenden ungebildeten, analphabetischen und häufig in Rechtlosigkeit gehaltenen Frauen mit ihren Männern ein Bewusstsein über die Vorteile ihrer eigenen gewachsenen Kultur entwickeln?

Diese Menschen schienen A. eine realistische, materialistische Grundhaltung zu haben, die davon ausging, dass Männer und Frauen verschieden sind, dass sie sich gegenseitig sexuell Vergnügen schaffen können, zur Arterhaltung zusammenkommen mussten und wollten, aber ansonsten ganz zufrieden ihre eigenen, getrennten Wege gingen. Jenseits des Bettes gab es Distanz. Und so konnten sie auf allen anderen Gebieten, der Politik, Medizin, kurz, in allen Fragen der Gesellschaft, zwar zusammenarbeiten, aber auch heftigst aneinandergeraten und jeweils versuchen, ihre Interessen durchzusetzen oder Bündnisse schließen. Wahrscheinlich waren diese Frauen sogar gefeiter davor, in die Fallen von Liebesheiraten zu tappen, in denen westliche Eheleute sich seit ein paar Hundert Jahren gegenseitig die Welt ersetzen sollten. Sie könnte das noch endlos ausschmücken.

A. wollte also einen Mann und wollte ihn auch nicht. Sie fürchtete einfach, entweder wieder in alte Paarstrukturen zu tapsen oder möglicherweise ungewollt zur Pädagogin zu mutieren, um den potenziellen IHN an eine emanzipierte Frau zu gewöhnen. Dass Männer sowohl ihre Freiheitswünsche wie auch die Nähe mit ihr teilen würden, hatte sie zu oft nicht erlebt. Schritt vor, Schritt zurück.

So ungefähr waren die Gefühlslage und die Gedankenwelt, als A. eines Tages zum Arzt musste.

Ihr Hausarzt hatte sie wegen einiger Knieprobleme an einen Facharzt überwiesen, und in dessen Wartezimmer saß sie nun.

Es war eine kleine Praxis mit vielen Leuten in einer mittelgroßen Stadt. A. saß auf einem hässlichen Stuhl, auf dem hässlichen niedrigen Tisch lagen veraltete Apothekenrundschauen und »Geo«-Hefte, an den mit Holzpaneelen verkleideten Wänden und Decken hingen Trockensträuße, gerahmte Fotos mit lieblichen Motiven aus Sizilien, Frauen in Tracht unter Zitronenbäumen, auf und neben Eseln, als Bräute, mit Kindern und in alten Ruinen – alles vermutlich Zeugnisse des Orthopädenhobbys Fotografie. Du lieber Gott, dachte A., kann ein Arzt mit diesem Geschmack gut für mein Knie sein?

Irgendwann wurde sie aufgerufen, nahm im Sprechzimmer Platz, studierte die Anordnung der Schränke und Regale, versetzte sie im Geist an andere, praktischere Stellen, färbte sie um, schmiss sie ganz raus und ersetzte sie durch klarere Formen. Dann kam er rein, ihr Kniespezialist, und ihr blieb die Luft weg. Ihm offenbar auch, denn er starrte sie von der Tür her an. Früher, dachte sie, hätten wir eine Sekunde später zusammengeklebt. Jetzt wurde sie rot. Weil sie das dachte. Das war ihr peinlich, ihm offenbar auch. Denn er wurde auch rot. Vielleicht dachte er dasselbe und gleichzeitig, dass die Zeiten andere waren. Zwischen damals und heute lagen Äonen.

Der hier wäre ein guter Liebhaber, sagte sich A. nach zwei Sekunden. Sie standen sich gegenüber, bis die Schrecksekunde vorbei war, in der rasend schnell die Synapsen arbeiteten und sich vernetzten. Die Vor- und Nachteile möglicher Verhaltensweisen wurden blitzschnell abgewogen, während sich beide etwas irre angrinsten.

Früher hätte sie vermutlich sofort ausgesprochen, wovor sie sich jetzt fürchtete. Sie wollte sich natürlich nicht blamieren und einem Mann um den Hals fallen, der sie dann abblitzen ließ, weil sie seine Reaktion doch falsch interpretiert hatte, und fragte sich, ob sie ernsthaft mit einem Mann was anfangen könnte, der Trockensträuße an der Wand hat?

Nach fünf Sekunden siegten die Feigheit, die Konvention, die Angst und der Wunsch, Ärger zu vermeiden. Sie gaben sich lächelnd die Hand und nannten ihre Namen.

Er setzte sich ihr gegenüber und blätterte etwas sinnlos in der vorher angelegten, aber noch leeren Krankenakte.

Er ist gleich alt, dachte A.

Sieht prima aus, kein Bauch,

Bei ihm oder bei mir?

Zusammen frühstücken?

Wird er wollen, dass ich zum Kegelabend mitgehe? Er wird eher Tennis spielen. Oder Golf. Ist er etwa christlich? (Irgendwas von der Kirche lag da auf dem Tisch.)

Kein Ehering. Gebräunte Arme mit hellen aufgestellten Härchen. Mit dem könnte es lustig werden.

A. saß starr auf dem Stuhl, er ordnete Papiere von rechts nach links. Im Kopf beider war Hochbetrieb.

Jedenfalls konnte sie das von sich sagen und von ihm vermuten.

Er war allein und auf Brautschau. Das stand schon mal fest. Frau vielleicht tot oder frisch geschieden? Er hatte auch schon einen Blick auf ihre Hand geworfen. Sonst tragen sie doch alle einen Ring.

A. dachte: Er ist vorsichtig. Bloß nicht zu spontan handeln. Und das noch bei einer Patientin.

Außerdem ist sie zu alt, denkt er, dachte A.

Ein so gut aussehender Mann in seiner Position weiß, was er kriegen kann. Er ist fasziniert, er findet mich attraktiv, aber er könnte jüngere haben.

Ins Gesicht geschrieben steht ihm: Werde ich sie auch wieder los?

Oder könnte sich daraus was entwickeln, was auf Zuneigung beruht? Altmodische Liebe? Durch dick und dünn? Lieber verschieben. Nur nichts überstürzen.

Alles in diesen wenigen Sekunden.

Mit ihm würde ich lachen können, sagte sich A.

Der Gesprächsstoff würde nicht ausgehen, obwohl wir jetzt schon zu lange stumm hier herumsitzen.

Sie könnte jetzt was dafür tun, ihn zu überrumpeln.

Das würde vermutlich klappen, wenn ich es richtig anstelle.

Nein, ich werde nichts tun. Und ich werde ihn deshalb auch nicht kriegen.

Aber diese Möbel. Wie kann ein Mann mit diesem Gesicht und diesem Körper diese Möbel haben in der Praxis? Wie sieht es bei ihm zu Hause aus?

Er, dachte A., denkt nicht über seine Möbel nach, sondern über ihr Alter. Auch das steht ihm ins Gesicht geschrieben. Dafür kann er nichts. Das ist bei Männern gewissermaßen genetisch vorgegeben. Über das zeugungsfähige Alter ist sie schon hinaus.

Er müsste sich sagen, dass die Gleichaltrigkeit positiv ist, und sich nicht für das Alter eine Junge wünschen.

Am besten erst mal eine gewisse Sachlichkeit wieder herstellen.

– Was kann ich für Sie tun?

A. schilderte ihre Beschwerden.

Er fragte ein bisschen nach ihrem Leben, ohne allzu neugierig erscheinen zu wollen. Sie wollte etwas über Fotos hinter ihm an der Wand wissen, die ein altmodisches Krankenhaus zeigten, vor dem er mit einigen Krankenschwestern in jüngeren Jahren stand. Das ganze Palaver diente dazu, die Brücken nicht vollends abbrechen zu lassen, sich doch noch eine Möglichkeit offenzulassen. Er befühlte ihr Knie und schob es hin und her.

Ihre Beine sahen noch gut aus, Gott sei Dank. Das viele Schwimmen hatte sich ausgezahlt.

Fand er wohl auch.

Dann sagte er sehr sachlich und beinahe schroff, sie

solle sich den nächsten Termin am Ende seiner Sprechstunde geben lassen, dann habe er mehr Zeit für weitere Untersuchungen.

Also aufgeschoben. Sehr klug.

Am Tresen bat A. die Sprechstundenhilfe um diesen späten Termin. Die war irgendwie muksch, als ahne sie was. Sie trug A. eine Woche später für elf Uhr ein, was diese zu früh für das Ende der Sprechstunde fand, aber sie sagte nichts dazu. Vielleicht arbeitete er ja an diesem Tag nicht länger.

Sie kam um elf, und es war, wie sie vermutete. Sie war keineswegs die Letzte, sondern mittendrin. Als sie drankam, sagte er nichts. Erinnerte er sich nicht, oder hielt er es für eine höfliche Abfuhr, da sie sich nicht an seinen Terminvorschlag gehalten hatte? Er kam auch nicht mehr auf den Vorschlag zurück, was A. immer noch hoffte. Einen Monat später hörte sie im Wartezimmer einem getuschelten Gespräch zu, in dem es darum ging, dass er nun wieder eine neue Freundin habe – natürlich war sie zwanzig Jahre jünger. Dabei glitt der Blick der Frau, die das erzählte, zu der Sprechstundenhilfe. War das nun Absicht, war das die neue Freundin – oder war dieser Blick nur Zufall?

A. ging trotzdem weiter zu ihm – er war einfach ein guter Orthopäde.

Die Kunst des Zerlegens

WIE ES R. WIRKLICH GING, verriet seine Telefonstimme. Bevor er Ja? sagte, kam ein kleines, offenbar unbewusstes Stöhnen. Es war vor allem dieses kurze Ja?, das etwas über ihn ausdrückte. Es war zögernd und angestrengt. Es lag Furcht darin vor neuen Anforderungen, die über das Telefon zu ihm kommen könnten. Es lag gleichzeitig die Entschlossenheit darin, diese neuen Anforderungen nicht zuzulassen. Sein Ja? hatte in etwa die Funktion eines Elektrozauns. Es sollte ihm drinnen Frieden garantieren und Besucher möglichst, Eindringlinge aber sicher abschrecken.

Hatte er nach den ersten Sekunden des Anrufs herausgehört, dass es um Arbeit ging, zu der er sich äußern sollte, dass es etwas Technisches war oder nur ein kurzer unverbindlicher Schnack, dann war er im Handumdrehen ganz da und zeigte sich schon am Telefon als der großzügige, intelligente, einfallsreiche und humorvolle Charakter, der er tatsächlich auch war.

Außerdem war er gut gebaut, mit Geschmack gekleidet und potent. Er musste keine besonderen Anstrengungen unternehmen, um auf Frauen anziehend zu wirken.

In seiner Jugend – er war jetzt schon Ende vierzig – musste er zu den beneideten Männern gehört haben, die die Lieblinge anderer Männer und Frauen waren. Er konnte nicht nur gut tanzen, Klavier, Trompete und Saxofon spielen, er konnte auch auf den Händen laufen, viele Gedichte auswendig, reiten und Tennis spielen, Zerschlagenes im Haushalt kunstvoll reparieren, gut kochen, und er ekelte sich vor nichts, was ihn auch schon mal zum Assistenten bei einer Notoperation gemacht hatte, die gut ausgegangen war.

Von Beruf war er Schriftsteller (Krimis), die ihm nicht viel einbrachten, und Reporter für diverse Zeitungen, was meist ertragreicher, aber auch anstrengender war. Irgendwann – und das passte auch zu ihm – hatte er seinen Reporterjob an den Nagel gehängt, um nur noch Schriftsteller zu sein, und war mit seiner Freundin aus der Großstadt aufs Land gezogen. Hier wollte er schreiben und sich nebenher ein paar Hühner und Schafe halten, um sich selbst zu versorgen. Obwohl er früher eine Menge Affären gehabt hatte, war er im Grunde ein häuslicher Mensch und vollkommen glücklich, als er, den Arm um seine schwangere Frau gelegt, eines Abends vor der Fachwerkscheune stand, auf die die untergehende Sonne ein rosa Licht warf. Dass Scheune und Haus in der Hauptsache noch der Bank gehörten, wurde für den Moment beiseitegeschoben. Dem Wunsch der Frau kam das Landleben auch sehr entgegen, denn sie brauchte Zeit und Platz und Konzentration für ihre Bildhauerei, die später zur Töpferei mutieren sollte. Nun, wo das erste Kind unterwegs war, unterbrach sie die gerade begonnene Arbeit. Nach dem ersten Kind kam schon zehn Monate später das zweite, und weitere zwei Jahre später bekam sie Zwillinge. Die dazugekommenen Ziegen und Kaninchen ernährten die Familie nur zum Teil, vermehrten aber immens die Arbeit. Die notwendig gewordenen Hausreparaturen konnten nicht mehr hobbymäßig betrieben werden wie früher, sondern es wurde bittere Notwendigkeit, alles alleine zu machen und sich das nötige Wissen anzueignen, da Handwerker kaum bezahlt werden konnten.

In beiden kroch bisweilen das Grauen bei der Vorstellung hoch, dass sie am Ende auch zu den das Umland bevölkernden Pärchen gehören könnten, die irgendwann mal gemeinsam ein Haus gekauft, sich dann verkracht, auseinandergelebt, neu in andere verliebt oder in die Stadt zurückgesehnt hatten, aber wegen der gemeinsamen Schulden nun sprachlos und dumpf zusammen geblieben oder in hässlichste Rechtsstreitigkeiten verwickelt waren.

Das hätten sie beide nicht verdient, sagten sie sich in guten Momenten und rückten dicht aneinander. Das half aber nichts gegen die Geldschwierigkeiten. Darum versuchte R. in seinem alten Beruf wieder Fuß zu fassen. Er konnte nach einigen Rückschlägen seine frühere Reportertätigkeit wieder aufnehmen und spezialisierte sich auf Landwirtschaft, was seine Position sogar verbesserte. So schuftete er, mal im Inland, mal im Ausland, flog, wenn es irgend möglich war, bei jeder unvorhergesehenen Pause oder an den Wochenenden zurück, fuhr in sein Dorf, um die Kinder zu sehen. Auch wollte er seiner grauer werdenden Frau ein Gefühl der Entlastung geben. Die fühlte sich zunehmend abgestellt und isoliert. Ihre Werkstatt hieß nur noch zum Schein so, weil sie es längst aufgegeben hatte, da irgendetwas zu machen. Hin und wieder entstand eine dieser groben Keramiktassen, aus der niemand wirklich trinken wollte. Sie gab die Werkstatt aber auch nicht für einen dringend notwendig gewordenen weiteren Raum her. Die war tabu und blieb praktisch ungenutzt; allerdings stapelten sich darin immer mehr leere Kisten und Kartons. R. bemerkte natürlich, dass seine Frau zu nichts Eigenem kam. Eine Zeit lang sagte er nichts zu ihren Vorwürfen, nur noch für seine Karriere zu arbeiten, aber irgendwann brüllte er zurück, dass sie die Kinder schließlich gewollt hätten und dass er gerne mehr zu Hause sein würde, wenn es eine Alternative gäbe. Die aber gäbe es nicht, denn sie würde ja gar nichts verdienen. Diesen Satz bedauerte er sofort, obwohl er im doppelten Sinne stimmte. Viel lieber als herumzureisen, würde er zu Hause immer blutrünstigere Krimis schreiben. Seine jetzige Tätigkeit hatte er schließlich schon mal aus guten Gründen aufgegeben.

Gleichzeitig wurde ihm klar, dass er log. Eigentlich wollte er die vielen Abwesenheiten auch nicht mehr missen. In der Ferne war er wieder der selbstständige Mann von früher, und er lachte dort auch wieder viel. Er verdiente nicht schlecht, aber alles versackte im Haus, in den Kindern und in den vielen Extraflügen nach Hause.

Jahrelang ging das so, und es ging immer schlechter. Sie schliefen kaum miteinander, außer phasenweise. Kam er erschöpft und ermüdet von den Reisen, die meist extrem anstrengend waren, wurde er mit Vorwürfen überhäuft und musste die schlimmsten Katastrophen im zusammenbrechenden Haus aufhalten.

Mal musste er das vom Sturm beschädigte Dach ausbessern, mal die Fußböden nach einem Wasserrohrbruch aufreißen und neu verlegen. Außerdem musste er, um seine Frau endlich mal von der Hausarbeit zu entlasten und ihr ein paar Tage Ferien zu gönnen, diese dann völlig übernehmen, was er auch tat und in Ordnung fand. War er bei die Kinder betreffenden Fragen anderer Meinung als sie, dann wurde er aufgefordert, sich nicht einzumischen, da er sie ja kaum sehe - was objektiv falsch war - und sie nicht erziehe. Die Mitsprache wurde ihm verweigert, und er, gebeutelt von Schuldgefühlen, dass die Familie, die er sich einmal so schön vorgestellt hat, nicht entstanden war, hielt verbittert den Mund und bekam chronische Magenbeschwerden.

Er kam sich vor wie ein Betrüger.

Das gab ihr eine gewisse Macht, die sie bald gut handhaben konnte. Sie konnte durch kleine Zeichen des Entgegenkommens seine Schuldgefühle mindern oder verstärken.

Die Kinder gediehen prächtig. Trotz der komplizierten Verhältnisse hatten sie mehr Zuwendung als irgendwelche anderen Kinder weit und breit. Der Vater diente ihnen, baute Käfige für immer neue Tiere, die versorgt werden mussten - nicht von den Kindern -, er baute Schaukeln und Hütten und Baumhäuser und Kaufmannsläden und führte schon die Kleinen in allerlei handwerkliche Fertigkeiten ein, und sie lernten jeweils, auf verschiedenen Instrumenten zu spielen. So wurden die Kinder fantasievoll, anarchistisch und manchmal geradezu rüde selbstbewusst.

Die Ältesten waren inzwischen schulpflichtig. Da sich die Pläne zerschlagen hatten, mit anderen Gleichgesinnten eine freie Schule auf dem Land zu gründen, zog die Frau zurück in die Stadt, weil ihr die Dorfschule nicht gut genug war und ihr die Fahrt mit dem Schulbus für die Kinder zu anstrengend erschien, obwohl er von allen anderen klaglos benutzt wurde.

Das war eine rechte Niederlage. Das Haus, als Verankerung und Mittel- und Ruhepunkt geplant, war nun zum Wochenendhaus degradiert und ließ sich wegen der diversen Schwankungen auf dem Immobilien- und Geldmarkt auch nicht verkaufen. Sowieso war es nun derart reparaturanfällig, dass es der Familie im nächs-ten Winter auch nicht mehr zuzumuten gewesen wäre.

Es gehörte ihnen immer weniger, es gehörte immer mehr der Bank. Nun musste auch noch die Stadtwohnung bezahlt werden. Aber jedes Mal, wenn R. von der Küche aus direkt nach draußen ging, wusste er, dass er auf das Haus nicht verzichten wollte. Er wusste es, wenn er den Kopf von einem Buch hob und auf die Eiche schaute, die hundert Meter entfernt alleine auf einer Wiese stand, belaubt, unbelaubt, im Nebel, im Sonnenschein, im Schnee. Oder wenn er den Hals ein wenig reckte, konnte er ein Stückchen See in der Ferne blinken sehen, sofern die Sonne schien.

Er würde eben noch mehr arbeiten müssen, um dies zu behalten.

Noch schien ihm der Gedanke an eine Stadtwohnung schrecklich. In der Wohnung der Frau, die sie nun mit den Kindern bewohnte, war jedenfalls für ihn kein Zimmer mehr eingeplant. Wenn er von seinen Reisen kam, wohnte er im Haus, sommers wie winters. Er holte die Kinder dorthin, wann immer es ging. Auf jeden Fall an den Wochenenden oder in den Ferien. Es war jedoch immer zu wenig. Manchmal hatte er den Eindruck, dass nur eine Kleinigkeit fehle, damit es wieder so werde wie früher und wie er es mal hatte haben wollen, obwohl er es sich nicht mehr richtig vorstellen konnte, was er damit gemeint hatte: eine Frau, viele Kinder, das gemeinsame Haus, das offen war für alle ihre Freundinnen und Freunde und herumstreunende Katzen und Hunde, für alle durchreisenden Künstler- und Zeitungskollegen von ihr und von ihm.

Der Traum von einem Salon auf dem Land mit ihren Skulpturen zwischen den von ihm angelegten Gemüserabatten hatte sich verflüchtigt. Wenn ihn aber tatsächlich mal Arbeitskollegen überraschend besuchten, die mit einem Blick den Zustand des Hauses und der Ehe erkannten, dann hatte er das überhaupt nicht gerne.

Meistens waren es Frauen, die sich trauten, mal auf einen Sprung aufzukreuzen und das mit einer Radtour oder Ähnlichem verbanden. Seine Frau war auch keinesfalls auf dem Holzweg, wenn sie vermutete, dass diese ihn zum Kaffee besuchenden Damen, mit denen er zu arbeiten vorgab, was mit ihm hatten, gehabt hatten oder haben würden. Die kamen, weil sie von ihm den Eindruck haben mussten, dass zwischen ihm und seiner Frau sowieso nichts mehr lief. Was sich als extreme Eifersucht bei ihr ausdrückte, war jedoch mehr der Neid, weil ihr die Möglichkeiten, Menschen kennenzulernen, fehlten und sie finanziell vollkommen von ihm abhängig war. Schaffte sie es doch einmal, irgendeine neue Bekanntschaft zu machen, dann versuchte er, aus Eifersucht ihr diesen neuen Menschen gründlich zu vermiesen, vor allem, wenn es Männer waren, was selten genug vorkam.

Bei ihr kam dazu, dass sie nicht mehr wusste, ob

sie das, was sie einmal gewollt hatte, nämlich zu bildhauern, immer noch wollte und, vor allem, noch konnte oder, schlimmer noch, je gekonnt hatte.

Wäre sie sich sicher gewesen, dann hätte sie es auch mit ihrer großen Familie vereinbaren können. Jetzt berief sie sich auf den Zeitaufwand für die Kinder, die ihr immer mehr aus dem Weg gingen, und sie duldete seine Mitsprache schon deswegen nicht, weil sie auf irgendeinem Gebiet auch was zu sagen haben musste. Teils, um sie nicht zu beleidigen, teils aber auch, um sich nicht noch mehr Ärger aufzuhalsen und um sich mal zu entspannen, begann er die Dinge zu trennen.

Die Tendenz hatte er schon immer gehabt. Er war ja ein Mann, dessen Ideal es war, dass die rechte Hand nicht wusste, was die linke tat. Es gab nun getrennte Wohnungen, getrennte Arbeitsplätze, sogar getrennte Namen, denn er war seiner Frau, den Kindern und Leuten, die er von früher her kannte unter einem anderen Namen bekannt als den Leuten, mit denen er reiste. Es gab auch getrennte Frauen. Er kam sich manchmal vor wie der Agent, der in den Krimis, die er sich manchmal noch in den Hotelzimmern ausdachte, eine immer größere Rolle zu spielen begann. Dieser Agent konnte seine verschiedenen Existenzen lebend nur durchstehen, wenn er strikt jedes Durcheinander vermied. Er musste trennen und zerlegen, um die Übersicht zu behalten. Nur hatten die Dinge leider die Tendenz, sich zu vermischen.

Auch Frauen hatten diese Tendenz. Er konnte dem ein wenig entgegensteuern, wenn er die Affairen von vornherein auf die Orte begrenzte, an denen er zu tun hatte, und das, was er an Zuneigung brauchte – er wollte nicht völlig auf den Hund kommen –, kurz hielt, da er die lang dauernde schon vergeben hatte. Es fiel ihm irgendwann selbst auf, dass er es vielen Bundestagsabgeordneten gleichtat, die ihre Zweitfrauen in Berlin hatten und an den Wochenenden die Ehefrauen mit allem Drum und Dran möglichst ungestört beibehielten.

Eine Zeit lang schien das im großen Ganzen zu klappen. Langfristig blockierte es aber alle Beteiligten, auch wenn diese Beteiligten wechselten. Immer mehr Aspekte der Wirklichkeit wurden bestimmten Orten und Zeiten zugeordnet und durften die vorgeschriebenen Kästen nicht verlassen. Die Menschen, die mit ihm zu tun hatten, mussten sich seinen Konstrukten fügen oder gehen.

Zum Teil waren diese Konstrukte sinnvoll, zum großen Teil waren sie aber Ergebnisse des tiefen Wunsches, die verschiedenen Lebensformen so konfliktfrei wie möglich nebeneinander bestehen zu lassen, um dieses Leben überhaupt aushalten zu können.

Das gab ihm eine neue Härte, die er zu Hause nicht hatte. Wie von Brecht in »Der gute Mensch von Sezuan« geschildert, wurde er zu einer Art männlichem Shen-Te: Bei seiner Frau und den Kindern hörte er sich ergeben alle Klagen an, aber unterwegs trat er als Macho auf, der allein bestimmte, wo es langging und vor allem, wie lange.

In diese Konstellation geriet eines Tages auch Frau M., die in einem Ort wohnte, an dem er beruflich relativ regelmäßig zu tun hatte, und die selbst Journalistin war.

Er hatte ein paar Mal auf seine indirekte Weise bei ihr vorgefühlt. Es hatte ein Weilchen gedauert, bevor sie darauf einging. Sie kannte ihn seit Jahren, sie hatten sich bei einer Recherche über gentechnische Entwicklungen kennengelernt und standen seitdem in lockerer Verbindung. Sie wusste ein wenig über seine häuslichen Zerreißproben. Seine Affairen hatte sie bruchstückhaft mitgekriegt. Sie dachte, dass er vermutlich alles stehen und liegen lassen würde, um zu seiner Frau zurückzulaufen, würde von ihr auch nur ein winziges Zeichen kommen. Die Liebes- oder eher Bumsaffairen schienen dem Rhythmus seiner Reportagen zu folgen.

Waren die beendet, dann waren es kurz darauf auch die Verhältnisse.

Aber M. mochte seinen trockenen Landgeruch, und außerdem hatte sie eine Schwäche für seinen Witz. Seine Vorsicht traf sich mit ihrer. Sie waren nicht eigentlich ineinander verliebt, sondern hatten sich einander zugeneigt in einer für beide anstrengenden Situation.

Sein Bedarf an Aufregungen und Abenteuern schien genauso wie ihrer für längere Zeit gedeckt. Ihre Zurückhaltung kam ihm entgegen, und seine dosierte Nähe empfand sie als Wohltat. Sie hatte derartig viel in den Jahren davor einstecken müssen, dass sie sich wie eine Blinde nur stufenweise wieder an das Licht gewöhnen musste oder wie eine fast Verhungerte nur wenig Essen vertrug.

M. stellte es sich ganz schön vertraut vor, miteinander zu schlafen. Als sie es dann tatsächlich taten, war sie irritiert.

Ein neuer Mensch. Neue Arme und Beine, Brüste, Bäuche lernten sich kennen und mögen. Das mit der trockenen Wärme hatte sich bewahrheitet. Aber sie hatte sofort das Gefühl, einer Veranstaltung von ihm beizuwohnen, und das sollte sich auch nicht ändern. Statt dass sich ihre Hautfläche vergrößerte und sich ihm entgegenstreckte, zog sie sich zusammen. M. war jedoch ein träger Charakter und dachte erst einmal nur: Ach du liebe Zeit. Weder beunruhigt noch beleidigt, eher wohlgelaunt.

Ein Mann ihrer eigenen Generation.

Wenn sie etwas hasste, dann war es Stress im Bett.

Hier lag sie nun neben einem Mann, einer allseits angenehmen Person, die Art von Liebhaber, über die sie Hunderte, wenn nicht Tausende von Geschichten mit ihren Freundinnen und Frauen aus der Frauenbewegung im Lauf der letzten Jahrzehnte ausgetauscht hatte. So direkt wollte sie ihm das aber nicht sagen. Sie wollte nicht, dass er aufstand und ging. Sie war ja mit einem Mann im Bett, der nicht schüchtern war und sich auskannte mit den erogenen Zonen, obwohl sein Wissen nichts mit ihrer Person zu tun hatte, was ihm aber entging. Heimlich dachte sie, dass er zu den klassischen Fällen gehörte, die von ihren strahlenden und stolzen Liebhaberinnen sexuell belogen werden, weil sie auf anderen Gebieten so nett waren.

Laut fragte sie ihn, was er denn gerne habe, woraufhin er nur lachte und nach ihr griff. Er liebte solche Fragen nicht. Er fragte ja auch sie nicht. Er fragte überhaupt kaum irgendwas.

Er gab sich nie hin (nur her, wie es bei Tucholsky hieß). Manchmal dachte sie, er schäme sich. Oder als habe er das Gefühl, seine Frau erst dann wirklich zu betrügen, wenn er richtig losließe. Sie arbeitete an ihm wie ein Fassadenkletterer an einer Mamorwand ohne Vorsprung und suchte einen Halt. Sie wehrte sich dagegen, wie ein Programm behandelt zu werden, das absolviert werden musste. Sprache kam gegen seine Abwehr nicht an. Alle Zutaten waren da, und nichts war in Ordnung. Er wurde ihr zum Rätsel. Bei äußerster Nähe gab es kaum Kommunikation.

M. erinnerte sich, dass, wenn früher, in ihrer Jugend, überhaupt etwas zum Thema Sexualität geäußert wurde, erwachsene Frauen junge Mädchen eindringlichst davor gewarnt hatten, auch nur den leisesten Zweifel an den Liebhaberqualitäten eines Mannes zu äußern. Da würde NIE ein Mann auch nur ein bisschen Spaß verstehen. Zwischen diesem Rat und der Situation heute lagen nun aber für M. mehrere Jahrzehnte. In dieser Zeit hatten die Männer gelernt, die Selbstständigkeit von Frauen mit Ach und Krach irgendwie zu akzeptieren, und waren auch grundsätzlich nicht nur kenntnisreicher, was die Sexualität betraf, sondern auch aufgeschlossener. Aber in diesem Fall, das spürte M., war sein abgespaltenes Zweitleben sein ständiger Begleiter, und deswegen war es einfach nicht entspannt.

R. merkte zwar, dass sie was auf dem Herzen hatte, aber er wollte keine neue Anstrengung, stellte sich erst mal tot und hoffte, dass ihre Problematisierungen, wie er es nannte, vorübergehen mögen.

M. sagte ihm mal, dass sie mit Männern gerne so reden würde wie mit Frauen, aber da schnell auf Abwehr stoße. Sie sei ein gebranntes Kind und wüsste genau, warum Frauen logen. Sie wolle nicht immer gleich Beleidigtsein provozieren, wenn etwas kompliziert würde.

Er kam ihr keinen Millimeter entgegen. Er war ein Meister darin, sie abzulenken, und sie ließ sich gerne ablenken, denn, wie er richtig vermutete, wollte auch sie sich die kurzen Treffen nicht auch noch durch ihre Problematisierungen vermiesen.

Aber das würde letztlich nicht funktionieren. Das immerhin war ihr klar, während er es nicht zur Kenntnis nehmen wollte.

Manchmal dachte sich M. fiktive Gespräche aus:

– Bei aller Zuneigung, wollte sie ihm sagen, wenn sich eine Gelegenheit ergeben hätte, bei der sie es überhaupt hätte sagen können, bei aller Zuneigung, du bist eben ein Mann.

– Natürlich, würde er antworten und grinsen. Und sie würde sich das Grinsen verkneifen, um sich nicht ablenken zu lassen.

– Als Mann, würde sie fortfahren, als Mann in DEINEM ALTER, bist du auch einer der Anlässe für unseren Aufstand damals.

Für diesen Satz würde sie sich fast schon schämen, sie fand sich dafür zu alt, und vermutlich hatte er ihn schon hundert Mal früher gehört.

R. würde dazu sein berühmtes verblüfftes Gesicht machen, früh gelernt aus der einmal attraktiven, jetzt aber wirklich verstaubten Fernsehserie »Colombo« und sich straffen gegen irgendetwas, was er als feindlich empfand.

Manchmal sah R. ihr die Selbstgespräche offenbar an und wusste, dass sie mit ihren versteckten Andeutungen aufhören würde, wenn er selber nur um einen Zahn abwehrender und aggressiver würde. Er wusste, dass sie ihn nicht aufstehen und weggehen lassen wollte. Ihm entging nicht, dass sie sich zwar in der Sache, die sie vorzubringen hatte, sicher schien, aber nicht im Auftritt. Das nutzte er aus.

M. wiederum musste gleichzeitig gegen die Wut ankämpfen, die hochkam, weil er darüber entschied, was er hören wollte und was nicht. Und sie musste Formulierungen suchen, die nicht verletzten. Und darum wusste sie, dass ihre gemeinsamen Tage gezählt waren, obwohl sie selbst noch versuchte, die Zeit bis dahin zu strecken.

R. war diese Gespräche oder verhinderten Gespräche leid. Diese neuen Ansprüche an ihn musste er abschmettern, um seinem Vorsatz treu zu bleiben, alles schön voneinander getrennt zu halten. Die Affaire mit M. wollte er noch nicht aufgeben. Er war nun auch älter und fauler und wollte sich nicht schon wieder auf die Suche nach einer neuen Frau begeben, mit der er dann eines Tages am genau gleichen Punkt stehen würde. Mit M. war es eigentlich bequem.

M. ging ihn nicht mehr direkt an, sondern fragte mal beiläufig, ob ihm etwas aufgefallen sei an Anais Nins Schilderungen ihrer Liebesabenteuer mit Henry Miller, die sie absichtlich auffällig hatte liegen lassen, damit er auch darin blättern konnte.

Er antwortete nur mit »Nein«. Sie überlegte kurz, das Thema fallen zu lassen, fuhr aber dann doch fort, dass Nins Schilderung nichts über ihre Sexualität aussage, sondern lediglich über ihre perfekte Anpassung an Miller und über ihre Begeisterung an seiner Unkonventionalität, die doch nur wieder vollkommen im Einklang mit der herrschenden Frauenverachtung stand.

Ein andermal fragte sie ihn – gewissermaßen als Zeitgenossen –, ob er sich mal überlegt habe, warum seinerzeit die berühmte »Anti-Penetrationskampagne« so eingeschlagen habe bei den Frauen.

R. antwortete grinsend, davon habe er nichts bemerkt.

M. musste auch grinsen, fuhr aber dennoch fort, dass diese Bewegung gerade bei vielen sexuell noch unerfahrenen Frauen Fuß gefasst habe, die seien aber oft Freundinnen von stadtbekannten Liebhabern gewesen, die sich wiederum auf ihre große Erfahrung was eingebildet hätten. Die Frauen waren unbefriedigt, trauten sich aber noch nicht, das auszudrücken.

Es ginge auch gar nicht um die Frage der Technik, fügte sie dann schon leicht erschöpft hinzu, sondern eher darum, weshalb so viele damals meinten, ihre Probleme in lesbischen Verhältnissen lösen zu können.

Beider Sprachlosigkeit war vielleicht auch nur das Ergebnis dessen, dass sich das Verhältnis dem Ende näherte und beide nicht mehr die Kraft hatten, immer wieder neu die Balance zwischen Zuneigung und Abwehr zu halten. M. kam sich inzwischen vor wie in Beton gegossen. Je länger sie sich kannten, desto weniger erzählte er ihr von seinem wirklichen Leben, wie sie es nannte. Das bisschen musste sie sich zusammenreimen. Um ihr zu signalisieren, dass sie da nichts zu suchen habe, wurde er immer unhöflicher. Manchmal dachte sie, er merke es gar nicht und wäre sogar erschrocken, wenn es ihm klar würde. Er schaute sie weder bei den Begrüßungen noch bei den Abschieden an, noch fasste er sie an, obwohl sie geradewegs aus dem Bett kamen oder dahin gingen. Trafen sie auf gemeinsame Bekannte, distanzierte er sich auf geradezu beleidigende Weise und sprach nur noch mit anderen. In solchen Situationen fragte sie ihn, ob er wünsche, die Sache zu beenden.

R. guckte dann erstaunt. Er wollte sie nicht beleidigen.

Er kam einfach nicht klar mit seinen diversen Existenzen, und sie war eben für ihn eine Nebenexistenz.

Sie hatte ihm mal an den Kopf geworfen, dass ihm mit einer bezahlten Mätresse besser gedient sei, wenn er es nur mit seiner Ideologie vereinbaren könne. Die würde so funktionieren, wie er sich das von seinen Frauen offenbar wünschte. Die würde mitmachen, was er wollte, keine Ansprüche stellen und sich an die Bedingungen halten, sofern das Geld stimmte.

R. fühlte sich entsetzlich erschöpft und müde. Ihn packte die Traurigkeit, wenn er am Abend seine Frau und die Kinder anrief und im Hintergrund das gleiche

Fernsehprogramm hörte wie sie beide und so tat, als sei er alleine.

M. jedenfalls wollte diese Affaire, die so unkompliziert begonnen hatte, so nicht fortsetzen. Ein mehrjähriges Nichtverhältnis war schließlich auch ein Verhältnis. Es aus Sicherheitsgründen von vornherein zu beschränken, führte nicht zu mehr Sicherheit, sondern zu Ödnis. Sie verlangte ja nicht einmal mehr Zeit. An Wochenenden, Feiertagen, Ferien konnte sie die Krätze kriegen oder unters Auto kommen, es würde ihn nicht interessieren.

R.s Verhalten würde sich höchstens dann ändern, dachte sie, wenn plötzlich eine wesentlich jüngere Frau mit Energie und Zielvorstellungen eine Entscheidung herbeiführen und das Doppelleben einfach nicht akzeptieren würde. Dann würde sein Kartenhaus zusammenfallen.

Er hatte mit mindestens zwei ihrer Freundinnen inzwischen auch geschlafen, was sie wusste, aber weder ihm noch ihnen gegenüber jemals erwähnte. Es war ihr irgendwo auch gleichgültig. Wenn eine käme, die sich nicht an die von ihm aufgestellten Verbote hielte und mit ihm ein richtiges Leben wollte, könnte M. ihn mit einer Schleife umwickelt an sie weitergeben. Schließlich war er im Alter für eine Midlife-Krise, und viele

Männer seines Standes lösten sie so, dass sie mit einer jüngeren Frau die alte Familie zwar überwanden, aber meist das alte Muster mit neuer Besetzung fortsetzten.

M. hörte nun auch am Telefon das ausgrenzende »Ja?«.

Sie waren beide nicht auf der Höhe ihrer abstrakten Erkenntnisse. M. konnte sich schlecht trennen. Er gehörte inzwischen zu ihrem Stammpersonal. Leute, die sie einmal reingelassen hatte, waren nicht mehr rauszukriegen. Er wusste, dass nur noch der Anlass für das Ende fehlte. Er wusste jetzt schon, dass er sie bald vermissen würde.

Als R. das nächste Mal ihre Nummer wählte, sagte ihre Stimme auf dem Anrufbeantworter, dass sie aus technischen Gründen für eine Weile nicht auf diesem Apparat erreichbar sei.

R. fühlte das auf sich gemünzt und irgendwie erleichtert legte er auf.

Der 95. Geburtstag und die Stadtverwaltung

VIERZEHN TAGE BEVOR Frau S. fünfundneunzig Jahre alt wurde, rief die Sekretärin aus dem Bürgermeisteramt an und gab den Termin für den offiziellen Geburtstagsbesuch, vormittags um elf Uhr, durch. Frau S. zeigte sich darüber nicht entzückt. Seit dem Tod ihres Mannes vor etwa dreißig Jahren ließ sie sich nicht mehr herumkommandieren und andere über ihre Zeit verfügen.

In ihrem ersten Ärger sagte sie, dass es für den Bürgermeister doch nur ein Pflichttermin sei und sie ihn auch nicht kenne, weil er schon zum Neunzigsten schließlich seine Stellvertreterin geschickt habe und er ihretwegen auch zu Hause bleiben könne. Die Sekretärin antwortete, dass es ja kein Bürgermeister, sondern inzwischen eine Bürgermeisterin sei, und die würde solche Besuche gerne machen.

– Und warum sprechen Sie dann vom Bürgermeister in der männlichen Form? Sind wir da nicht inzwischen weiter? Ich freue mich aber, wenn es eine Frau auf den Posten geschafft hat.

Sie kam dann noch einmal auf den neunzigsten Geburtstag zurück und erklärte ausführlich, dass sie damals schon bei der Terminabsprache gesagt habe, dass sie keine Blumen wolle. Sie würde sowieso sehr viele Blumen bekommen, habe nur eine kleine Wohnung und nicht so viele Vasen. Wenn man ihr unbedingt etwas mitbringen wolle, würde sie sich über eine Flasche Wein freuen, besonders über einen Grauburgunder. Die Stellvertreterin hatte dann aber einen Teller mit einem Motiv des Kurortes dabei, in dem Frau S. wohnte.

Sie hatte diesen Teller damals sofort ziemlich geschickt fallen lassen, sich bei der Besucherin wegen ihres Alters und ihrer Unaufmerksamkeit entschuldigt und ihr Grinsen unterdrückt. Gott sei Dank war der Teller kaputt gewesen, und die Scherben waren sogar weitgehend in der kunstvoll mit Schleifen umwickelten durchsichtigen Hülle geblieben, die von der Besucherin aufgesammelt und in den Müll geschmissen wurde.

Jetzt sagte Frau S. mehr aus Trotz als der Wahrheit entsprechend zur Sekretärin, sie sei an ihrem Fünfundneunzigsten gar nicht da und hätte es geschätzt, wenn man sie wenigstens vorher gefragt hätte, welcher Termin ihr denn für den Besuch angenehm wäre. Sie erwähnte noch einmal den schrecklichen Teller und erzählte der völlig verstummten Frau am anderen Ende der Leitung von ihren beiden gleichaltrigen Freundinnen, die sie noch aus der Volksschule kannte, die eine jetzt in Baden-Baden, die andere in Konstanz wohnend, die zu ihren neunzigsten Geburtstagen von der Stadt immerhin einen netten Picknickkorb, mit dem man was anfangen könne, bekommen hätten und nicht einen geschmacklosen Teller. Sie würde laufend ihr altes schönes Geschirr verschenken, weil sie nicht mehr so viel brauche und finde, dass so ein Bürgermeister, wenn er sie schon besuchen wolle, sich wenigstens ein paar Gedanken vorher darüber machen solle, worüber sich eine alte Frau freuen würde. Mit Sicherheit nicht über neues Geschirr.

Sie bot dann einen Termin (ohne Teller, ohne Blumen) für den Besuch eine Woche nach dem Geburtstag an und ließ die Sekretärin noch wissen, dass sie es war, die vor einem Jahr dafür gesorgt hatte, dass der Kurpark wieder neue Bänke bekommen hatte, der Eingang zum Kurpark ein neues Geländer, an dem sich die vielen Alten und am Stock Gehenden auf dem leicht abschüssigen Weg festhalten konnten, und ihr

Lebenswerk sei, wie sie stolz berichtete, dass endlich die Treppe zum Stadttheater, die vom Fahrdamm direkt zum Foyereingang geführt hatte, abgerissen und durch eine neue Treppe ersetzt worden war. Dieser Umbau erlaube den vielen Gebrechlichen in der Stadt endlich, mit ihren Rollstühlen, Rollatoren und Stöcken auf dem Bürgersteig zu bleiben, ohne an dieser Stelle auf das Kopfsteinpflaster der Straße ausweichen zu müssen. Da habe sich so mancher die Hüfte gebrochen – auch sie vor drei Jahren. Und das in einer Stadt, die von Kur- und Rehakliniken lebt! Ob man etwa durch den Abbau vieler Hilfsmittel für ausreichend Patienten sorgen wolle?

– Sie waren das?, sagte die Sekretärin und fügte noch gewissermaßen privat hinzu: Da haben Sie aber die Leute wirklich auf Trab gebracht. Das hat vor Ihnen noch niemand geschafft.

Frau S. fühlte sich geschmeichelt, und die Sekretärin war ihr auch gleich viel sympathischer.

Sie wollte aber jetzt nicht geschwätzig werden und ihr auch noch erzählen, wie viel Mut diese ganze Aktion beansprucht hatte. Nachdem sie selber auf einen Rollator nach der Operation angewiesen war, ein Gerät, dass sie sich nie für sich selber hatte vorstellen können, hatte sie sich eines Tages hingesetzt und ein

7-Punkte-Programm geschrieben, mit dem sie den damaligen Bürgermeister konfrontieren wollte. Es enthielt verschiedene Verbesserungen, die die Stadt für die alten und behinderten Leute durchführen sollte. Sie hatte das handgeschriebene Schriftstück im Schreibwarenladen fotokopieren lassen und sich ohne Voranmeldung auf den Weg zum Rathaus gemacht. Auch da gab es eine Treppe, die sie zwar mühselig hinaufgekommen wäre, aber sie hatte ihren Rollator nicht unbewacht unten stehen lassen wollen. Ihrer Nachbarin war gerade einer geklaut worden. Sie hatte einen Polizisten gerufen, der im Erdgeschoss desselben Gebäudes aus dem Fenster guckte, und der war dann leicht genervt herausgekommen und hatte sie nicht gerade höflich gefragt, was sie denn von wem wolle. Zunächst mal wolle sie, dass die Polizei ihren Rollator im Auge behalte, und dann wolle sie zum Bürgermeister. Das würde ihn ja eigentlich nichts angehen, sie könne aber auch ihm gerne erzählen, was sie vorhabe.

Der Polizist hatte sie vielleicht ein bisschen einschüchtern wollen, vielleicht war er aber auch nur neugierig; es war gerade nicht viel los, und so hatte er sie in die Wache zu den anderen Kollegen gebeten, und ihr einen Stuhl angeboten.

– Na, dann erzählen Sie mal.

Frau S. hatte das gerne getan. Ihr 7-Punkte-Programm konnten gar nicht genug Leute hören. Sie hatte ihren Zettel hervorgeholt und ihre Änderungswünsche vorgelesen, sich aber gleich unterbrochen und noch mal von vorne angefangen, als zwei Polizisten dazukamen: Veränderung der Treppe am Theater, Erneuerung des Geländers am Kurparkeingang und fünf zusätzliche Bänke an präzise genannten Stellen.

Die Polizisten hatten zunehmend ihre Freude an den Ausführungen gehabt, sie hatten gelacht und gesagt, das sei eine wunderbare Aktion, und ihr gutes Gelingen gewünscht. Der Fahrstuhl wäre gerade kaputt, sie würden sie in den ersten Stock zum Bürgermeister tragen und auch wieder abholen.

Die Sekretärin war damals ziemlich fassungslos, dass jemand ohne Termin einfach so hereingeschneit kam, hatte was von »da kann ja jeder kommen« gemurmelt und Frau S. wissen lassen, dass der Bürgermeister in einer Besprechung sei und unmittelbar darauf den nächsten Termin habe.

Und da hatte Frau S. den Satz gesagt, der ihr aus einer Fernsehserie hängen geblieben war und nur auf seinen Abruf gewartet zu haben schien. Sie hatte ganz souverän und etwas schnippisch und sich zum Gehen wendend gesagt:

– Nun ja, es gibt ja auch noch die Presse!

Das war der Moment, in dem die Sekretärin gemerkt hatte, dass sie fast einen großen Fehler gemacht hätte. Sie hatte Frau S. zurückgerufen und höflich gebeten, ihr doch das Anliegen zu erklären.

Das hatte Frau S. auch getan, ohnehin redete sie lieber mit der Sekretärin. Sie hatte ihr den Zettel übergeben und um einen Anruf bei der Polizei gebeten, damit sie ihr wieder die Treppe herunterhelfe.

Eigentlich hatte sie diese Hilfe nicht gebraucht, aber sie hatte den Polizisten ihr Erlebnis erzählen wollen, die hatten sie vorher ja darum gebeten. Sie hatte dann noch gesagt: In vierzehn Tagen wolle sie eine Antwort haben, so ganz ohne Drohung wollte sie das Sekretariat nicht verlassen.

Die Sekretärin hatte dann ihre Sache wirklich gut gemacht.

Drei Punkte des 7-Punkte-Programms wurden tatsächlich innerhalb einer Woche umgesetzt. Nun saß Frau S. gerne auf den Bänken im Park und erzählte den Kurgästen stolz, wem sie diese Sitzgelegenheit zu verdanken hatten.

Die neue Bürgermeisterin hatte von Frau S. auch schon gehört – »Warte nur, bis Frau S. kommt« hieß es, wenn was nicht schnell genug ging –, sie aber nicht mit dem Geburtstagsbesuch in Verbindung gebracht. Jetzt wusste sie Bescheid. Frau S. war stolz auf sich, weil sie für den Besuch den ihr passenden Termin durchgesetzt hatte. Sie saß vergnügt auf ihrer Bank im Park und nahm kopfschüttelnd zur Kenntnis, dass Gartenarbeiter am Rand der relativ breiten Kurparkwege in regelmäßigen Abständen kleine Steinpfeiler in den Boden rammten, auf denen ein Symbol zu sehen war, das den Weg für rollstuhltauglich erklärte.

Die Rollstuhlfahrer wären aber gar nicht bis dahin gekommen, wo Frau S. saß, wären die Wege nicht schon an den Eingängen breit genug gewesen.

Die Goldene Hochzeit

BALD WAREN SIE fünfzig Jahre verheiratet, und die Verwandtschaft, inklusive der Kinder, hielt eine große Feier zu diesem Anlass für selbstverständlich. Vor allem der fast hundertjährige Vater der Frau würde es gerne sehen, wenn sich das Paar, so wie häufig auf dem Land üblich, noch einmal in der Kirche das Eheversprechen neu geben würde. Das war ein unmögliches Ansinnen, weil I. schon eine Woche nach der Hochzeit aus der Kirche ausgetreten war und darüber nun wirklich keine Diskussion mehr wollte. Aber dennoch stand die Frage im Raum: Feier oder nicht?

Das Paar sah sich mit der Erwartung konfrontiert, eine Feier zu gestalten, die den Sinn hatte, zwei Leute als Einheit darzustellen und den Begriff Familie mit Anschauungsmaterial zu füllen. Das kam beiden Eheleuten deplaziert vor, und sie waren es auch nicht gewohnt, solchen Dingen gemeinsam auf den Grund zu gehen, hatten aber jede und jeder für sich den Eindruck, sich dieser Erwartung wohl fügen zu müssen. I. fiel dazu ein Dokumentarfilm ein über eine Ehe, die siebzig Jahre gehalten hatte. Wann und wo sie ihn gesehen hatte, wusste sie nicht mehr. Die entsprechende Feier zu diesem Ereignis war ausgiebig fotografiert worden und zeigte immer wieder ein sich angrinsendes Hochzeitspaar im Kreis der vielköpfigen Familie. Die Filmemacherin hatte die alte Frau nach diesem langen Zusammenleben gefragt, und die hatte geantwortet, dass sie ihren Mann aus tiefstem Herzen hasse und froh wäre, wenn er bald abkratzen würde.

So schlimm war es nun im Zusammenleben von I. und H. nicht.

Das Gute an dieser Ehe war zweifellos, dass sie noch miteinander redeten, aber ansonsten ihrer eigenen Wege gingen. Eigentlich waren sie sich von Anfang an fremd gewesen. Wenn man beide damals gefragt hätte, warum sie eigentlich geheiratet hatten, hätte die Antwort lange gedauert und wäre vermutlich nicht besonders konkret ausgefallen. Solche Fragen hatten sie sich beide zunächst gar nicht gestellt und auch später nicht.

Sie wollte damals mit zwanzig auf jeden Fall raus von zu Hause und hielt alles für besser, als noch länger im einengenden Elternhaus zu bleiben.

Er war drei Jahre älter, verdiente nicht viel, aber doch regelmäßig als Journalist einer Lokalzeitung, was sie aufregend fand und deshalb auch in diese Branche wollte und gleich nach dem Abitur ein entsprechendes und damals noch recht gut bezahltes Praktikum absolvierte. Außerdem respektierte er ihr ständiges Lesen, hatte auch nichts dagegen, dass sie ebenfalls arbeiten wollte – damals keine Selbstverständlichkeit. Das hatte sie schon mal sehr für ihn eingenommen. Damals stellte er für sie den Gipfel einer für sie erreichbaren Emanzipation dar.

H. seinerseits wollte keine dumme Frau. I. war hübsch, nicht besonders häuslich oder praktisch, sie konnte nicht kochen, aber das würde sie lernen, und sie würde nicht über die Stränge schlagen und unerfüllbare Forderungen stellen. Sie war bescheiden und hatte Humor. Sexuell waren beide ziemlich unerfahren, und da sie sich mochten und auch von keinerlei Ausschweifungen wussten, hielten sie ihre Gefühle füreinander für Liebe. Das hielt die ersten paar Jahre an, auch wenn die sexuellen Begegnungen allmählich abnahmen. Aber das schien ihnen der natürliche Lauf der Dinge zu sein. Sie war in ihrer Ehe einmal fremdgegangen, und was sie dabei erlebt hatte, führte nicht zu wesentlich neuen Erkenntnissen. Er zweimal. Sie sprachen nie darüber, obwohl sie es gegenseitig vermuteten.

Das Geld war immer knapp bei drei Kindern, die alle studierten. Er war später bei einer überregionalen Zeitung, sie blieb im Lokalteil. So gingen die Jahre hin. Sie hielten die übliche Arbeitsteilung unter Eheleuten ein, sie besuchten gemeinsam Veranstaltungen, die sich aus beruflichen Gründen für sie oder ihn ergaben, und besuchten Verwandte, wenn Geburtstage und Feiertage anstanden. Sie galten als glückliches Ehepaar. Er brüllte nicht, sie zickte nicht. Sie konnten sich aufeinander verlassen. Die Gleichförmigkeit ihrer Beziehung gab nach innen und nach außen Stabilität und trotz gelegentlicher Langeweile auch gegenseitiges Vertrauen. Sie aßen gemeinsam, die Kinder lernten gute Manieren, gingen zum Musikunterricht, zum Sport und wurden ermuntert, sich für soziale Fragen zu interessieren. Jahrelang fuhr man gemeinsam in die Ferien, in ein kleines gepachtetes Häuschen an einem See.

Was es aber nicht gab, waren Zärtlichkeiten, Spielereien, Witze, Überraschungen. Das vermisste I. schon im Lauf der Jahre. Das gab es für sie nur in Romanen, und das machte sie sehnsüchtig.

H. brachte den Kindern pflichtbewusst alle möglichen handwerklichen Fähigkeiten bei, aber es gab keine Gefühle zwischen ihnen. Er freute sich nicht an ihnen. Als Vater war er ein mehr oder weniger gerechter Bürokrat und bekam seinerseits keine Liebe von den Kindern. Für Gefühle war allein I. zuständig. Sie lachte mit den Kindern, sie umarmte und küsste sie, auch wenn ihr eigenes Gefühlsrepertoire nicht besonders groß war.

Alle Kinder zogen sofort nach Abschluss der Schule aus, und I. und H. lernten, nach kurzer Irritation über die zusammengebrochenen gemeinsamen Familienrituale, sich mit der neuen Situation zu arrangieren. Sie schliefen die ersten Jahre nach wie vor nebeneinander im Ehebett, später zogen sie in ihre eigenen Zimmer, um nachts lesen oder fernsehen zu können, ohne sich gegenseitig zu stören, wie sie sagten. Sie frühstückten nach wie vor gemeinsam und sprachen über das, was sie in der Zeitung lasen, und schätzten gegenseitig ihre Beobachtungen und Bemerkungen zum politischen Geschehen. Eigentlich empfanden sie diese tägliche verlässliche halbe Stunde als Glück. Nie hatten sie Hemmungen, sich auf relativ abstrakten Gebieten mitzuteilen. Aber Gefühle wurden zwischen ihnen nie geäußert. I. traute sich auch nicht mehr, ihn einfach mal so im Vorbeigehen zärtlich zu berühren. Es hatte sich so lange nicht ergeben, dass es geradezu unschicklich erschien. Sie verglich sich manchmal mit Trockenfrüchten.

Sie wagte sich gewissermaßen auf gefährliches Gelände, als sie H. aus der Lokalzeitung von einem Männerfrühstück vorlas, das ein aufs Land gezogener Althippie für die Männer der umliegenden Dörfer eingerichtet hatte.

Dieser Mann, las sie vor, wolle in ungezwungener Atmosphäre Männern Gelegenheit geben, über ihre zurückgehaltenen Emotionen zu sprechen, über die Schwierigkeiten, Gefühle zu zeigen, über ausgeübte und unterdrückte Gewalt und das Verhältnis zu ihren Kindern. Die Zeitung zeigte ein Foto von einem circa sechzigjährigen Mann mit Pferdeschwanz und berichtete von dem ersten Treffen, zu dem tatsächlich drei Männer erschienen waren, Nachbarn des Hippie, wie sie annahm, die auf dem Foto starr nach unten auf ihre Biergläser schauten und vielleicht unter vollkommen falschen Voraussetzungen zu diesem Treffen gekommen waren.

H. fühlte sich durch diesen Bericht angegriffen und spürte zu Recht, dass I. ihm durch das Vorlesen diskret zu verstehen geben wollte, dass so ein Männerfrühstück eventuell auch H. nicht schaden könnte. Sein Kommentar beschränkte sich auf: Aha.

Und I. kommentierte das nicht.

Der kommende fünfzigste Hochzeitstag allerdings bot die Gelegenheit, das Thema Gefühle wenigstens anzudeuten.

– Wollen wir die Feier überhaupt machen?, fragte I.

– Natürlich, sagte H.

– Wir werden dann den ganzen Tag zusammensitzen. Und die Leute wollen sehen, dass wir glücklich sind. Bist du glücklich?

H. guckte irritiert.

I. fasste sich ein Herz.

– Ich meine, wir sind nun über fünfzig Jahre zusammen. Da sollte so eine Frage doch möglich sein?

– Ja, Gott, was willst du denn? Ich bin nun mal kein Don Juan.

– Darum geht es doch gar nicht.

– Worum denn dann?

Wie H. solche Gespräche hasste. Und wie I. herbeisehnte, dass sie weiterführten. Aber sie wusste auch nicht mehr, wie sie ihrerseits das Gespräch beleben könnte. Es war auch von ihr armselig.

Jedenfalls besprachen sie nun ein paar praktische Dinge für den Hochzeitstag, legten einvernehmlich den Ort für die Feier und die Personenanzahl fest: wie viel Verwandtschaft, wie viel Bekanntschaft. Das Gespräch über das Menü entwickelte sich sogar zu etwas, was Gefühlsausbrüchen schon ziemlich nahekam und von I. mit immer neuen Vorschlägen angeheizt wurde, um diese ungewohnte Situation noch in die Länge zu ziehen. So hatte sie sich das vorgestellt!

H. war nämlich dagegen, im Restaurant die Leute à la carte bestellen zu lassen. Das würde vermutlich auch zu teuer werden. Er wollte unbedingt eine Sauerampfersuppe als Vorspeise, I. hielt dagegen, dass sie sich nicht vorstellen könne, damit auf breite Zustimmung zu stoßen, und schlug vor, wenigstens zwei Alternativen anzubieten. H. argumentierte, dass es Frühling und die beste Zeit für Sauerampfer sei, und eben gerade darum, weil das kaum mehr jemand machen könne, sei das etwas Besonderes. Um dieses Gespräch auch noch in den nächsten Tagen fortsetzen zu können, schlug I. vor, sich nicht sofort zu entscheiden, und brachte ihrerseits noch ein paar Vorschläge aufs Tapet, die weitere – hoffentlich heftige – Diskussionen erforderten, selbst wenn sie sich schon mit der Sauerampfersuppe im Stillen arrangiert hatte.

Dann gingen beide neu belebt an ihre täglichen Beschäftigungen.

H. zog sich in sein Zimmer zurück und bearbeitete als Verantwortlicher die Webseite einer Bürgerinitiative gegen eine neue Autobahn. Er war dabei ungeheuer fleißig, sammelte akribisch alle Informationen, die er dann in unzähligen Mails samt Anlagen an die Mitstreiter verschickte. Er hatte eigentlich keinen persönlichen Freund, aber durch diese Arbeit dennoch einen enormen Bekanntenkreis und immer etwas Sinnvolles zu tun, was sich auch so schnell nicht erledigen würde, denn die Auseinandersetzungen um das Projekt würden sich noch Jahre hinziehen.

I. dagegen ging zum Fitnesstraining, um ihre Muskeln zu stärken, einmal in der Woche zum Chor, der auch ab und an in verschiedenen Kleinstädten auftrat, und ebenfalls einmal wöchentlich mit Freundinnen zu einem Jour fixe, den sie ihren Philosophiekurs nannten. Und außerdem arbeitete sie immer noch sporadisch für einen Radiosender.

Abends, wenn sie bei dem anderen noch Licht sahen, klopften sie manchmal noch an, um Hallo zu sagen, meistens aber nicht. Sie interessierten sich gegenseitig nicht dafür, wer wann wo aß oder kochte. Aber wenn sie einkaufen ging, berücksichtigte sie seine Vorlieben, und umgekehrt geschah das auch. Manchmal stellte sie oder auch er noch eine Karaffe Wein in die Küche, aber eigentlich war das Frühstück der einzige

Zeitpunkt, zu dem sie sich sahen und ihre Gemeinsamkeit aufrechterhielten.

– Ich meine, sagte I. eines Morgens, es ist doch eine ziemliche Leistung, in fünfzig Jahren so einen Modus Vivendi gefunden zu haben, der uns beiden Raum lässt. Du hast niemals versucht, mich zu ermorden, und ich dich auch nicht. Ich würde dich jederzeit pflegen, wenn du krank wärst. Das ist doch was.

– Ja, mein Schatz, sagte er daraufhin, und ihr fiel fast der Bissen aus dem Mund. Er hatte noch nie MEIN SCHATZ gesagt.

Zwei Männer im Zug

PROF. NORBERT B. von der Kunsthochschule stand kurz vor seiner Pensionierung. Er war Designer und hatte viele Preise gewonnen für praktische Dinge des täglichen Bedarfs. Die nach seinen Entwürfen hergestellten Produkte befanden sich fast in jedem Haushalt, der auf Schönheit und Funktion Wert legte. Die praktische Arbeit mit den Studenten mochte er gerne. Was er an seiner Hochschultätigkeit hasste, abgesehen von den Fachbereichs-, Hochschulrats-, Haushalts- und anderen Sitzungen, die sich häuften und zudem meist endlos hinzogen, waren die Auseinandersetzungen um die Diplomarbeiten. Am liebsten war ihm, wenn er selber ein relativ eingeschränktes Thema vorgab, das von den Studierenden an Kunsthochschulen bewältigt werden konnte, deren Stärken normalerweise nicht in der Ausformulierung von Theorien lag. Die meisten fühlten sich aber schon rein prinzipiell durch solche Vorgaben gegängelt und wollten unbedingt ein selbst gewähltes Thema bearbeiten. B. wusste, dass die Studenten dabei normalerweise nicht überblickten, was sie sich damit aufhalsten. Also versuchte er geduldig, ihnen klarzumachen, dass es besser sei, die Kräfte auf die Entwürfe zu konzentrieren und ihm einfach zu vertrauen, wenn er ihnen eine Arbeit vorgab. Denn gemessen an der zur Verfügung stehenden Zeit wären sie oft ihren selbst gewählten Themen nicht gewachsen. Sie sollten sich mit den theoretischen und ästhetischen Problemen befassen, die sich unmittelbar aus ihrer praktischen Designerarbeit ergaben.

B. gehörte noch zu der Generation, für die es zumindest nicht ganz fremd war, sich von Autoritäten etwas sagen zu lassen, auch wenn er selber früher gegen sie protestiert hatte. Manche sahen das ein und folgten seinen Vorschlägen, andere bestanden auf ihren eigenen Themen und strampelten oft genug dann in dem von B. schon vorausgesehenen Schlamassel.

Was ihm dann allerdings häufig als erste Ausfertigung der fertigen Arbeit angeboten wurde, war ihm schlechterdings unbegreiflich.

Abgesehen von allen anderen Problemen, die sich auf den Inhalt bezogen, bekam er inzwischen Arbeiten vorgelegt, in denen sich von Jahr zu Jahr die Orthografiefehler häuften. Fehler, von denen er wusste, dass er sie nicht mal in der vierten Klasse Volksschule seinerzeit gemacht hatte. Er sah Arbeiten, in denen sich auf einer Seite zwanzig Rechtschreibfehler befanden. B. konnte einfach nicht begreifen, dass die Diplomanden das nicht selber sahen. Wenn er sie darauf hinwies und die Arbeit schon allein wegen dieser Fehler nicht abnahm, schauten sie ihn oft groß an und sagten, sie hätten doch das Korrekturprogramm eingeschaltet!

Nun war B. auch nicht von vorvorgestern. Er kannte sich eigentlich ganz gut mit Computern aus, und für viele Dinge waren sie ihm inzwischen auch unentbehrlich. Aber ein Korrekturprogramm, das ein nochmaliges Durchlesen unnötig machte, hatte er selber noch nie benutzt, noch würde er ihm vertrauen. Er wusste, dass Worte, die eventuell falsch geschrieben waren, in seinen Texten rot unterstrichen waren. Die sah er sich dann an, um zu überprüfen, ob das Unterstrichene tatsächlich ein Fehler oder von ihm absichtlich so geschrieben war. Aus seinen alten Zeiten hatte er jedenfalls die Gewohnheit beibehalten, jeden Text vor einer Veröffentlichung mehrmals zu lesen, und immer wieder fand er einen Fehler, den er trotz aller Konzentration vorher übersehen hatte. Er erinnerte sich auch an seine eigene Doktorarbeit. Seine Freundin hatte alle Anmerkungen genauestens auf Nummer,

Seitenzahl, Herstellungsjahr, Verlag, Ausgabe und inhaltliche Übereinstimmung kontrolliert. Sie legte ihm Zettel hin, wenn sie meinte, dass eine Anmerkung eventuell zu lang sein könnte. Denn es galt als ausgesprochen schlechter Stil, mehr als eine Drittelseite irgendeines Textes zu zitieren. Wohl dem, der damals eine Freundin hatte, die in der Lage war, dem Doktoranden bei dieser grauenvoll tüfteligen Tätigkeit zu helfen, beziehungsweise der er diesen Scheiß überlassen konnte. Sie brauchte dazu meist mehrere Wochen. Zwei andere Kommilitonen, denen er vertraute, lasen dann getrennt noch einmal die ganze Arbeit auf eventuelle Fehler oder Unstimmigkeiten durch. So war das damals jedenfalls, und irgendwie fand er diese Mühe wohl immer noch selbstverständlich, sonst hätte er sich nicht so aufgeregt über das sogenannte Korrekturprogramm. Das hieß doch, dass sie ihre Arbeit ausdruckten oder ausdrucken ließen, ohne sie selber noch einmal durchgelesen zu haben. Ausnahmen von dieser Regel waren normalerweise seine ausländischen Studenten, vor allem Türken und Iraner, die ihre Arbeiten meist fehlerlos abgaben, trotz Korrekturprogramm.

In solchen Momenten verstand er die Welt nicht mehr, und dann überfiel ihn ein tiefes allgemeines

Misstrauen jungen Leuten gegenüber. Er fragte sich, ob denn auch die angehenden Ärzte, Juristen, Architekten usw. Methoden entwickelt hatten, über das Internet heruntergeladene Texte, die mit ihrer Fragestellung zu tun hatten, so geschickt mit kleinen Änderungen in ihre eigenen Arbeiten zu integrieren, dass es äußerst schwer sein würde, diesen Betrug nachzuweisen und als Ergebnis die neugebackenen Doktoren keinen Schimmer von ihrem Gegenstand haben würden. Minimierten etwa alle zunehmend ihre Anstrengungen, weil sie die Überforderung ihrer Profs kannten, die heutzutage einfach zu viele Studenten hatten, zu viel Bürokratie um die Ohren und ihren eigenen Ansprüchen aus Zeitmangel auch hinterherhinkten und gar nicht mehr in der Lage waren, Abgeschriebenes von eigenen Texten der Diplomanden zu unterscheiden? In der Kunst mochten solche Betrügereien in der Konsequenz vielleicht nicht zum Tod der von falschen oder ungenauen Ableitungen Betroffenen führen. Aber wenn er heute zum Arzt ging, um sich auf diverse Altersbeschwerden hin untersuchen zu lassen, fragte er sich doch häufig, auf welche Weise dessen Doktorarbeit entstanden war und ob er seiner Diagnose vertrauen konnte. Kein schöner Gedanke.

Als Künstler allerdings faszinierten Norbert B.

rein theoretisch die neuen Möglichkeiten des Umgangs mit diesen einfach zu kopierenden Texten in wissenschaftlichen Arbeiten. Er stellte sich vor, wie diese Methode des Abkupferns in einen künstlerischen Sieg zu verwandeln sei und sogar als Diplom- oder Doktorarbeit akzeptiert werden könnte. Beim Film war das immerhin längst gang und gäbe. Ganze Fernsehserien lebten davon, historisches oder auch neues Foto- und Film-Archivmaterial, also Fremdmaterial, in neue Zusammenhänge zu bringen, die durchaus kritischen Untersuchungen standhielten. Warum also sollten schriftliche Äußerungen von anderen nicht auch zu einer eigenen Arbeit ohne eigenen Text kompiliert werden können?

Gesetzt den Fall, jemand hätte tausend schriftliche Zitate zu einem Thema gesammelt – immerhin schon das eine bemerkenswerte Leistung –, dann wäre es doch vorstellbar, dachte B., sie wie in einem Dokumentarfilm zu verwenden. Rein theoretisch könnte er sich eine Doktorarbeit aus solchen Anmerkungen vorstellen, die beispielsweise wissenschaftlich akzeptierte Thesen für die Durchführung von Hüftoperationen mit wissenschaftlich akzeptierten Thesen gegen diese OPs verknüpften, um dadurch beide Thesen zumindest zur Diskussion zu stellen oder auch beide oder eine davon zu verwerfen. Ihm tat die Hüfte weh, daher kam er auf dieses Beispiel.

Jedenfalls sah Norbert B. dem Ende seiner universitären Laufbahn dann doch mit einiger Erleichterung entgegen. Er hatte einfach keine Lust mehr, Diplomarbeiten auf Orthografiefehler zu überprüfen und sich darüber auch noch streiten zu müssen. Das langweilte ihn. Zudem hatte er jede Menge eigene Pläne und angefangene Arbeiten auf Halde.

Zusätzlich gingen ihm an der Hochschule mehr und mehr bestimmte Verhaltensweisen auf die Nerven, die offenbar die Studenten und leider oft auch seine Kollegen und Kolleginnen in einem übertriebenen Ausmaß beschäftigten. Manchmal fragte er sich, ob das, was ihn ärgerte, störte, bisweilen sogar unglaublich aufregte, auf seine Intelligenz und Sensibilität zurückzuführen sei oder schon ein Zeichen von Verkalkung und Unduldsamkeit war. Er hatte zum Beispiel echte Schwierigkeiten, diese ganzen verbissenen Fragen rund um verschiedene Identitäten, die zunehmend in der Öffentlichkeit aber eben auch bei den Studenten eine Rolle zu spielen schienen, ernst zu nehmen. Ihn langweilten diese ganzen hundertprozentigen Migranten, Mütter, Väter, Schwulen, Lesben – wie ihn früher auch schon die hundertprozentigen Marxisten/Leninisten geärgert hatten, von denen es aber zum Glück nicht so viele gegeben hatte.

Eine Bahnfahrt, auf der plötzlich ein Kollege aus dem Fachbereich Medien in sein Erste-Klasse-Abteil im ICE zustieg, brachte viele dieser kleinen und kleinsten Frustrationen, die jede für sich kaum Gewicht hatten oder nur sporadisch ins Bewusstsein schwappten, auf einmal ins Fassbare. Mit dem Kollegen hatte er, außer in irgendwelchen Gremien, sonst fast nichts zu tun, sie nickten sich höchstens bei Begegnungen zu. Aber nun waren sie in dem Abteil gewissermaßen zu irgendeiner Art Unterhaltung verpflichtet, und der Beginn war ein langer Seufzer von Herbert L., wie der Kollege hieß, mit dem er die studentische Arbeit, die er in der Hand hielt, sinken ließ und Norbert B. mit einiger Verzweiflung anblickte.

– Das hier, sagte er, ist das Drehbuch eines Studenten für einen Kurzfilm. Es spielt im schwulen Milieu. Und verlässt es auch nicht für den Bruchteil einer Sekunde. Am Anfang erfährt man, übrigens nur durchs Handy, dass ein junger Handwerker vom Land nach Berlin zieht. Er will dort Arbeit suchen und offen schwul sein. Kaum angekommen, landet er schon mit einem jungen Mann in einer Absteige, in der sie dann rund zwei Drittel der Filmzeit miteinander vögeln, wenn ich das richtig sehe. Vielleicht freut sich der junge Mann ja, dass er nun nicht mehr ständig von den Nachbarn in seinem Dorf beobachtet wird, vielleicht freut er sich auch nicht darüber. Ich weiß es nicht. Ich fürchte, wenn dieses Ding gedreht wird, sehen wir abwechselnd lange Blicke aus dem Fenster und lange Schwänze. Es macht mich wahnsinnig.

Herbert L., der selber schwul war und auch nicht mehr der Jüngste, schien vollkommen verzweifelt.

– Wenn ich wenigstens nebenbei mal erfahren würde, was für eine Art Handwerk der Bursche ausübt. Oder ob er in der Gewerkschaft ist, was dieses Landei in der Großstadt überrascht, was ihn ausgerechnet an dem anderen angezogen hat, irgendwas, was mir was über die Situation, den Ort erzählt, was über das Schwulsein hinausgeht! Oder zumindest irgendeinen Konflikt in dieser Richtung schildert. Wenn ihm wenigstens das Portemonnaie von seinem Freier geklaut würde! Wenn er wenigstens ein schwuler Bootsflüchtling aus Tunesien wäre! Irgendein Einbruch der Wirklichkeit!

Das fand nun Norbert B. interessant. Offenbar hatte Herbert L. ebenfalls ein Problem mit diesen Eindimensionalitäten, die auch ihn zunehmend verrückt machten.

Beide vertieften sich zunächst vorsichtig, aber dann ausführlicher in die Frage, warum zum Teufel die Leute heute so wahnsinnig mit ihren Identitäten befasst waren. Meistens sogar nur mit einer. Dabei war doch, wie sie sich ein bisschen resignativ mitteilten, der Mensch die Summe seiner Widersprüche. Wie schon Marx gesagt hatte. Dieser Spruch war jedenfalls bei beiden hängen geblieben aus ihrer Jugend und verdiente es, mehr beachtet zu werden, wie sie fanden. Warum mussten sich so viele als schwul, lesbisch, christlich, muslemisch, anarchistisch, jüdisch, deutschnational, als Junge Union, Mann, Frau, junge Mutter, Hausmann usw. outen? Warum gab es den Begriff polymorphpervers aus ihrer Jugend nicht mehr?

Sie lachten erkennend.

Sie waren doch immer alles Mögliche. Nicht nur schwul oder Ausländer, sondern zumindest schwule Ausländer, gewerkschaftlich organisierte Lesben, katholische Anarchisten, vegane Christen, konservative Baumschützer, areligiöse Juden usw. Dieses ganze akademische Gendergequake, das keine Hochschule inzwischen verschonte und ihnen wahnsinnig auf den Wecker ging, wie sie sich gegenseitig gestanden, schien im besten Fall doch ein verquerer Versuch zu sein, die vielfach selbst geschnürten Festlegungen auf eine einzige Identität wieder ein bisschen zu erweitern. Dafür müsste man denen ja sogar dankbar sein!

Beim Zugbegleiter bestellten sie einen Wein. Das war das Privileg der ersten Klasse. Es schien doch eine interessante Fahrt zu werden. B. sagte:

– Früher wurden wir auf unseren Flüchtlingsstatus noch weit bis in die Fünfzigerjahre hinein angesprochen. Obwohl ich erst bei Kriegsende geboren bin. Und als armer Flüchtlingsjunge, wie ich von den Einheimischen genannt wurde, wurde ich später dann nicht zu den Festen der Fabrikantentöchter in Solingen eingeladen, damit ich sie nicht den für sie schon vorgesehenen Jungunternehmern wegschnappte. Aber ich kann mich nicht erinnern, dass ich das als Jugendlicher groß beachtet hätte. Ich habe die Mädels dann halt woanders getroffen. Heute würde daraus eine Geschichte der Diskriminierung gestrickt. Es war eine, klar, aber wir sind anders damit umgegangen. Oder wie meine spanische Putzfrau sagte, als ich sie fragte, ob sie schon mal ausländerfeindlich angegriffen worden sei: Das soll sich doch mal jemand trauen!

– Machen wir da eine interessante Beobachtung, oder klassifiziert uns das schon als Leute, die den Anschluss verpasst haben?, fragte L.

– Das klassifiziert uns als im höchsten Maß politisch unkorrekt, sagte B. Mich regt ja schon auf, wenn jemand eine blödsinnige Bemerkung macht, meinetwegen über Migranten oder Kopftuchmädchen, und dann steht die ganze Politikerkaste auf und sagt, so was darf man nicht sagen. Sie widerlegen nicht etwa ganz gelassen argumentativ, was es zu widerlegen gibt, sondern regen sich auf, dass jemand so denkt und das auch noch sagt. Und dann wundern wir uns, dass die Politiker zur Ärgervermeidung nur noch in nichtssagenden Versatzstücken reden. Ich meine, was hat denn die Freiheit der Andersdenkenden nach Rosa Luxemburg für einen Sinn, wenn sie nicht sagen dürfen, was sie denken!

Der Wein und die mehrstündige Fahrt machte beide ein bisschen müde, redselig und bekenntnisfreudig. Es dämmerte bereits, aber sie machten kein Licht im Abteil an, sondern ließen ihre Urteile und Vorurteile fließen, mit kleinen Schrecksekunden zwischendurch, ob wohl der jeweils andere nicht die eigenen Sätze verdreht an andere Kollegen weitergeben würde.

B. erzählte von einem »Tatort«, den er neulich gesehen hatte. Eine Szene, die nicht besonders handlungsrelevant war, war bei ihm besonders hängen geblieben. Vier vielleicht zehnjährige Jugendliche, zwei Mädchen, zwei Jungen, fuhren in einer Straßenbahn und fotografierten die Leute mit ihren Handys. Beim Aussteigen holte einer der Jungen plötzlich weit aus und knallte vollkommen unmotiviert einer alten Frau, die mit ihrem Rollator in der dafür vorgesehenen Ecke stand, seine Hand ins Gesicht und sprang dann, den anderen zulachend, aus der Bahn.

B. war darüber immer noch erschüttert.

Nach einem längeren Schweigen fügte L. eine Geschichte hinzu, die er vergleichbar fand. Auch ihn hatte sie nachhaltig irritiert:

In einem Telekom-Geschäft war er der Zweite in der Reihe nach einem jungen, vielleicht sechzehnjährigen Mädchen, das verschiedene Handys ausprobierte. Als sie sich endlich für eine Marke entschieden hatte, übertrug der Verkäufer noch die Daten vom alten Handy in das neue, fragte das Mädchen diverse Sachen ab und ließ sich auch noch für den Kaufvertrag ihren Ausweis zeigen, was alles zusammengenommen ziemlich lange dauerte.

L. hatte eine seiner zwei schweren Taschen einen Meter neben dem Mädchen auf den Tresen gestellt und schaute sich ein paar Schritte weiter die Angebote an, ohne aber die Tasche aus den Augen zu lassen. Das junge Mädchen hatte den Ellenbogen auch auf dem Tresen und stand seitlich mit dem Rücken zur

Tasche, rückte aber immer ein bisschen weiter zurück, bis sie schließlich die Tasche mit ihrem Ellenbogen vom Tisch geschoben hatte. L. konnte nicht sagen, ob es Absicht oder zufällig war. Jedenfalls schaute das Mädchen kurz runter zur Tasche, sagte nichts, hob die Tasche auch nicht auf, sondern drehte sich wieder dem Verkäufer zu. Gut, sie war eine junge Dame, sagte L., na, jedenfalls war sie jung, und er war ein Mann, der nach alter Sitte natürlich sofort selber hingesprungen, die Tasche aufgehoben und sich nicht beschwert hatte. Aber er war mindestens vierzig Jahre älter, was man ihm auch ansah, wie er selbstkritisch und etwas ironisch hinzufügte. Auch er war von seinem Erlebnis geschockt.

– In ihren Augen war ich doch ein alter Mann. Da hätte sie sich doch bücken können! Sie hatte sie schließlich runtergeschmissen!

– Jedenfalls liegt das nicht an den Achtundsechzigern, sagte B.

– Aber woran, woran? Das ist doch echt ungezogen, oder?

Wie sich herausstellte, fielen beiden immer mehr solcher Geschichten ein.

Junge, kräftige Männer, die ungerührt an Frauen mit Kinderwagen vorbeigingen, die versuchten, diese irgendeine Treppe hoch- oder runterzutragen, Türen, die nicht aufgehalten wurden, Jugendliche, Mädchen und Jungen, die nicht mehr vor alten und sichtlich behinderten Leuten in den Straßenbahnen oder Bussen aufstanden usw. Alles Verhaltensweisen, die ihnen, wie sie sich eingestanden, jedes Mal einen Stich versetzten, weil ihre Generation das noch mehr oder weniger durch alle Schichten hindurch gelernt hatte und für selbstverständlich hielt. »Mach einen Diener«, verbunden mit einem kleinen Klaps auf den Hinterkopf. Es war ihnen wirklich eingebrannt, und sie hatten damals diese Maßregelungen gehasst und später dagegen protestiert. Aber offenbar hatten diese Konventionen das Leben erleichtert. Jetzt, wo sie sich das alles erzählten, fühlten sie sich aber auch ein bisschen unbehaglich, weil sie solche Geschichten und Gefühle einander anvertrauten. Sie kamen sich dabei vor wie Abziehbilder ihrer Großväter, die über die *Gute alte Zeit* schwadronierten. Aber irgendwas war doch dran, oder? Und es tat auch gut, das mal loszuwerden. Sie hatten über dieses Unbehagen noch nie vorher mit jemandem gesprochen, es war ja auch nicht ständig da, aber da sie nun schon dabei waren, fühlten sie sich irgendwie verpflichtet, ihr Gespräch zu objektivieren und das, worüber sie sprachen, wissenschaftlich, sozialkritisch, ästhetisch zu beleuchten. Und sich zwischendurch mit ein bisschen Ironie vom Gesagten zu distanzieren. In ihren eigenen Ohren hörten sie sich fürchterlich an.

Mit ihrem Versuch, Verständnis für die heutige Jugend und ihre oft unverständlich harten Verhaltensweisen zu entwickeln, betraten sie aber erst recht vermintes Gelände.

Zuerst versuchten sie, die guten Seiten an den Jugendlichen von heute zu entdecken. Sie wollten ja gerecht sein. Allerdings fiel ihnen dazu auf Anhieb nicht sehr viel ein. Dass sie gut mit all den neuen Technologien umgehen konnten, war wohl doch kein Verdienst?

Es war bald ganz dunkel im Abteil, nur ab und zu wurde es erhellt durch Lichtblitze von außen. Die beiden sprachen sehr leise, holten lose herumschweifende Gedankensplitter nach oben, die irgendwo abgelagert gewesen waren. Und auch wenn es lange Pausen und Sprünge gab in ihren Gesprächen, wussten sie doch immer, was ihr Gegenüber mit einer Bemerkung meinte. Es war, als ob sie sich jenseits ihrer eigenen Befindlichkeiten und Beschäftigungen auf ihrer Fahrt ein bisschen von dem Kitt ansahen, der im Alltag die Sachen zusammenhielt, oder eben auch nicht, und an den normalerweise nicht viel Gedanken verschwendet wurden.

– Diese unsere so höflichen Vorfahren, sagte B., die alten Leuten und Frauen die Koffer trugen, sie an den Haltestellen vorließen, die Türen aufhielten, gute Tischmanieren hatten, Danke und Bitte sagten usw., waren leider teilweise die Gleichen, die die KZs betrieben, die Leute misshandelten, Hunde auf sie hetzten, sie ins Gas schickten.

– Aber kann man daraus im Umkehrschluss folgern, dass unsere unhöflichen, rücksichtslosen, schlecht erzogenen Jugendlichen gefeit davor wären, KZ-Wächter zu werden?, fragte L.

Lange Pause.

– Wir hatten doch nie Angst in der Schule vor unseren Klassenkameraden, oder etwa doch? Abgesehen vom Wort Mobbing, das wir nicht kannten, wir kannten auch nicht die Bedeutung.

– Wir konnten ja auch kein Englisch.

Und wieder B. nach einer Weile:

– Dass ich zu einer anderen Generation gehöre, merke ich zum Beispiel daran, dass mir die Mode nicht mehr gefällt. Bei diesen ganzen bauchfreien Mädels denke ich eher an Erkältung als an Sex.

Und wieder nach einer Pause:

– Haben Sie schon mal einen Silikonbusen geküsst? Sorry, Sie sind ja eine andere Baustelle. Aber ich kann Ihnen sagen, das bringt einen völlig aus dem Konzept. Da fängt man echt an, sich nach den guten alten Penetrationsstreitereien zu sehnen. Ich glaube, man ist dann alt, wenn man die sexuellen Zeichen nicht mehr versteht. Ich meine, wer bestimmt, dass aufgespritzte Lippen schön sind?

– Ja, aber die Männer sind heute durchwegs gepflegter als früher, sagte L. Sogar die Heteros.

– Wir haben damals auch keine Häuser besetzt. Anfangs war ich noch Untermieter.

– Eine völlig unbekannte Daseinsform heute, glaube ich.

– Andererseits, schau dir an, wie schnell die jungen Leute heute eine Demo zusammentrommeln. Da müssen sie erst mal drauf kommen. Ein Punkt für sie.

– Bist du als Vierzehnjähriger etwa demonstrieren gegangen?

– Ich glaube, ich möchte heute nicht mehr jung sein.

Beide hingen wieder ihren Gedanken nach. Dann sagte L., und B. schreckte fast aus dem Schlaf hoch:

– Heute wissen die Kiddies viel mehr als früher, aber was willst du denn machen, wenn du hörst, dass sich die Leute mit Macheten in Afrika umbringen und morgen in Tschetschenien, und du kannst das heute alles im Detail sehen, und jede sexuelle Schweinerei hast du dazu auf deinem Handy. Ich habe neulich mal so ein Ding vorgeführt bekommen. Ich war geschockt, ich hatte keine Ahnung, dass nahezu alle die fiesesten Pornos drauf hatten, auch die Mädchen. Die haben nur gelacht. Es war zum Heulen.

Es war zum Heulen. Sie hatten dem nichts mehr hinzuzufügen und verstummten. Sie wussten, bald würde das Gespräch nicht gerade vergessen sein, aber so nach hinten geschoben, dass es dem quasi gleichkam. Als der Zug in der Endstation einlief, war es Nacht, und andere Probleme schoben sich wieder in den Vordergrund.

War zu Hause noch was zu essen, gab es Kleingeld für das Taxi, würde XY anrufen usw …

Leichenschmaus

ALICE WAR NUN SEIT GUT neun Jahren tot, und es war Tradition unter ihren Freunden und Freundinnen geworden, sich an ihrem Geburtstag zu treffen. Allerdings waren die Freunde und Geliebten, die in den ersten Jahren auch dabei waren, peu à peu weggeblieben, und jetzt, im zehnten Jahr, waren nur noch Frauen übrig.

Für die war es ein fester Termin im Jahresablauf, an dem sie untereinander den Kontakt hielten und festigten. Alice spielte, obgleich der Anlass, meist nur noch am Rand eine Rolle. Zwar wurde noch erzählt, wer wann am Grab war, wie es vorgefunden wurde, was ausgerissen und neu gepflanzt worden war und wen man eventuell dort zufällig getroffen hatte, aber dann ging man doch ziemlich schnell zur Gegenwart über. Auf Alice kam man nur zurück, dann aber heftig, wenn irgendeine der Frauen etwas Neues über jemanden zu berichten hatte, der oder die sowohl Alice als auch ihnen bekannt war und sich in der Zwischenzeit auf außerordentliche Weise bemerkbar gemacht hatte.

Zum Beispiel Sascha. Eine hatte Sascha mit Frau und Kind neulich in Hannover getroffen. Er hatte dort einen alten Onkel beerdigt, und das belebte noch einmal das Gespräch über diese hoffnungslose Liebe zwischen Alice und Sascha, mit ihren vielen dramatischen Wendungen, Lügen, Intrigen, Geldausgaben und Reisen. Am Tisch wurde es sofort lebhaft, weil alle durcheinander sich noch einmal bestätigten, wie sehr jede damals versucht hatte, Alice die Augen über dieses Verhältnis zu öffnen, weil sie nicht mehr mitansehen konnten, wie Alice sich mit ihren Illusionen über diese Liebe auf dem Holzweg befand. Und wie lange dieses Hin und Her ging! Jahre, Jahrzehnte!

Sascha würde sich nie trennen von seiner Frau, hatten sie ihr wieder und wieder gesagt. Er würde Alice eher verleugnen, und sie hatten, wie man ja nun sah, recht behalten. Was hatte Alice nicht alles unternommen, um immer mal wieder, und sei es nur für einen Tag, von Hannover oder Hamburg nach New York zu fliegen, um ihn zu sehen, wenn er dort geschäftlich zu tun hatte, was allerdings dauernd der Fall war. Er kam dann zu ihr, oft nur für ein paar Stunden, weil er nicht wollte, dass ihre Anwesenheit in seinem Hotel bekannt wurde.

Nach jedem dieser Ausflüge kam sie verheult zurück und ließ sich von einer der Freundinnen abholen, die sich abwechselnd, aber auch zunehmend genervt, über Jahre Alices Unglück anhörten, sich aber garantiert ihren Unmut zuzogen, wenn sie es wagten, auf gewisse Widersprüche in Saschas Verhalten hinzuweisen. Alle waren sich darin einig, dass Alice äußerst anstrengend gewesen war, und einige der Frauen redeten sich auch noch heute darüber in Zorn. Alice war anstrengend, fordernd, rücksichtslos! Alle nickten. Und bei diesem Thema angelangt, also bei den Gefühlen außerhalb der Grabpflege, hatte wirklich jede an diesem Abend eine Fülle von Besonderheiten über ihr Verhältnis zu Alice beizusteuern. Im Prinzip kannten alle diese Geschichten, aber sie hörten sie immer wieder gerne und entdeckten auch immer neue Einzelheiten, über die die anderen dann wieder staunten oder die sie ergänzen konnten.

Heute war es ein richtiger Dammbruch. Die Frauen wunderten sich selber über die geballte Wut, die nach so vielen Jahren jetzt noch hochkam. Sie erschraken über ihre Reaktionen und versuchten sie zu analysieren, das hatten sie immerhin damals alle gelernt.

Alice als Projektionsfläche, Alice als Erinnerungsverstärker. Die Vergangenheit war nicht vorbei und brach auf in den unterschiedlichsten Gefühlen.

Aber nach der Wut kamen die lustigen Geschichten hoch oder Geschichten, die damals eher dramatisch und erst heute lustig waren oder sich wenigstens so erzählten und Fixpunkte in ihrer aller Leben waren.

Alice war ja kein Kind von Traurigkeit, sondern in den Sechzigern sozialisiert, und je unglücklicher sie war, desto mehr Männer schleppte sie in ihrer Wohngemeinschaft an. Einige blieben dann bei anderen Frauen aus der WG hängen, und weil das Liebesleben aller damals ziemlich abwechslungsreich gewesen war, waren auch die Gespräche später darüber unerschöpflich, und die Biografien vieler ließen sich über Jahrzehnte hinweg in wechselnden Konstellationen verfolgen und kenntnisreich kommentieren.

Alle schrien auf, als eine der Frauen die beiden Schwarzen erwähnte, die Alice aus Afrika kannte, wo sie oft als Reporterin gewesen war. Sie waren nach Deutschland gekommen, standen eines Tages vor der WG-Tür und gingen davon aus, nun eine neue Heimat zu haben. Sie waren in Afrika auch gastfreundlich gewesen und überaus entzückt, dass in der deutschen Wohnung nur Frauen lebten, und fanden es selbstverständlich, nun auch mit allen zu schlafen. Drei der Anwesenden waren noch aus dieser WG und lachten Tränen, als sie den anderen – noch einmal – erzählten, wer mit wem damals zusammen war und wie vollkommen aussichtslos es war, den jungen Männern klarzumachen, dass sie kein Recht auf die Frauen hatten. Sie bezweifelten auch, dass Alice sich ein Zusammenleben mit ihnen vorgestellt hatte. Die hatte in diesem Zusammenhang mal wieder Glück gehabt. Sie war gar nicht da, als die Afrikaner kamen. Den anderen Frauen war damals nichts anderes übrig geblieben, als ihre Zimmer zu verbarrikadieren, Schränke vor die Türen zu schieben und – obwohl alle natürlich gegen Rassismus und auf allen einschlägigen Demonstrationen dabei waren – große Schwierigkeiten hatten, die Männer wieder loszuwerden und sie woanders unterzubringen. Das immerhin war selbstverständlich, aber schwierig, und eine der Frauen erinnerte sich, wie sie einen Freund, der in einer Männer-WG lebte, per Telefon aus ihrem Zimmer, das da Gott sei Dank stand, anflehte, die beiden Schwarzen zu übernehmen und ihm dafür ein gemeinsames Wochenende versprach.

Ja, Alices Männergeschichten hatten für Frustrationen, Heiterkeit und immer neue Geschichten und Verwicklungen gesorgt, die alle mit einbezogen. Für sie war der Beruf die Hauptsache. Sie arbeite normalerweise bis tief in die Nacht; ihr Schreibmaschinengeklapper war eine ständige beruhigende Begleitmusik; sie kaufte, auch wenn sie mit Einkaufen dran war, selten etwas ein, weil sie morgens lange schlief, und allzu oft kam es vor, dass der WG-Kühlschrank von ihren noch späteren nächtlichen Besuchern leer geräumt und natürlich nicht wieder aufgefüllt worden war. Heute war immer noch ein Rest der früheren Wut bei den Mitbewohnerinnen zu spüren. An Alice perlte sie jedoch vollständig ab. Wenn sie es allzu toll getrieben hatte, rief sie bisweilen, um die WG zu versöhnen, einen Lieferdienst an, der dann unglaublich teure Lebensmittel brachte. Alice hatte immer Geld, die anderen nicht. Alice war als Reporterin berühmt, die anderen nicht.

Aber auch ihre gelegentliche Knauserigkeit kam wieder zur Sprache. Die Putzfrau!

Alice machte nie sauber. Hatte sie Putzdienst, bestellte sie eine Putzfrau. Sie wurde von ihr ziemlich schlecht bezahlt. Aber genauestens kontrolliert.

– Ich weiß noch, sagte eine, wie Alice aus ihrem Arbeitzimmer schoss, mit dem Zeigefinger über irgendein Möbelstück oder hinter die Heizung fuhr und den Staubfinger der Frau unter die Nase hielt. Dabei waren die meisten Flächen, Gegenstände oder Ecken sowieso tabu. Die Frau durfte ja die Manuskriptstapel, die einen Teppich auf dem Teppich bildeten, nicht einmal anrühren! Also blieb der Staub dort liegen.

Andere erinnerten sich, dass die Tische nicht abgeräumt werden durften, auch nicht die vertrockneten Blumensträuße (von Sascha) oder Zigarettenasche (von Sascha). Eigentlich durfte die Frau in den beiden Zimmern von Alice gar nichts machen!

– Als Einzige hatte sie zwei Zimmer!

Auch heute noch klang der Vorwurf durch. Die Putzfrau kam aber immer, wenn sie gerufen wurde, und war für ihre eigene Verwandtschaft eine nie versiegende Informationsquelle über das Leben der Studenten. Den anderen Frauen war Alices Geiz so peinlich, dass sie der Frau extra was zusteckten, was dann insgesamt sehr viel mehr war als ein normaler Stundenlohn. Und sie war nett und säuberte an den Alice-Tagen gründlich Küche, Flur und Bad, wie sich alle erinnerten, weil sie dann an ihren eigenen Putztagen weniger zu tun hatten.

Aber dennoch war diese Regelung in den Augen der WG-Bewohner, vor allem der anderen Wohngemeinschaften, denen das natürlich nicht verborgen geblieben war, damals unmöglich, und es gab entnervende Diskussionen darüber. Eine Putzfrau in einer linken Frauen-WG widersprach allen Gleichheitsvorstellungen. Meist aber war Alice bei diesen Diskussionen gar nicht dabei. Sie fand immer irgendeinen Grund, warum ein anderer Termin nicht warten konnte und wichtiger war. Und bei den berüchtigten Wohnungsvollversammlungen fand sich immer irgendeine, die Verständnis für Alice hatte und die anderen dazu brachte, ihre Extravaganzen zu ertragen. Denn alle liebten ihre Reportagen, ihre immer wieder aufbrechende Warmherzigkeit, die Zeit, die sie sich für andere auch immer nehmen konnte, ihre Klugheit und ihren Mut in gefährlichen Situationen. Sie war im Libanonkrieg dabei, sie reiste in umkämpfte Gegenden Afrikas, unterstützte die Swapo, übernahm geheime und gefährliche Kurierdienste, berichtete über die Kämpfe in Angola, schrieb über arme Menschen in der alten BRD, ging in die Gefängnisse und zu Obdachlosen. Jedenfalls führten die Diskussionen, bei denen sie vorgeführt werden sollte, zu nichts; alles blieb beim Alten, und Alice wurde weiterhin geliebt und gehasst. Typisch, dass sie ihnen auch noch die Grabpflege und das Ordnen der Hinterlassenschaft zugemutet hatte.

– Weißt du noch, schrie B. in die lebhafte Debatte

am Tisch, weißt du noch, wie Alice ein Kind haben wollte?

– Aber sie wollte doch nie ein Kind. Sie hätte dazu doch gar keine Zeit gehabt.

– Doch, sie wollte unbedingt ein Kind. Sie war ja auch schwanger. Ich habe damals nicht darüber gesprochen.

– Von Sascha?

– Ja, wie wollte sie es denn versorgen?

– Das sollte ich tun. Sie wollte einen Vertrag mit mir machen und mich bezahlen.

– Aber du hast doch damals auch schon gearbeitet!

– Das war ihr egal. Sie wollte das Kind kriegen, und ich sollte es nach ihren Vorstellungen versorgen und erziehen, wenn sie nicht da war. Das war eigentlich das Ende unserer Freundschaft, weil ich das nicht wollte. Ich meine, die Herzlichkeit war danach raus. Das Vertrauen.

– Sie hat dir das übel genommen? Und was hat sie dann gemacht?

– Sie hat es abgetrieben.

Das hatten die anderen nicht gewusst. Nun aber meldete sich F. und sagte:

– Aha, nun wird mir manches klar. Sie wollte auch mit mir einen Vertrag. Einen Adoptionsvertrag. Sie wollte meinen Hannes adoptieren, beziehungsweise mit mir zusammen gleiche Rechte an Hannes. Es war ihr einfach nicht klarzumachen, dass ich das nicht wollte.

– Ach du liebe Zeit, sagte R.

– Alice hatte doch vollkommen antiquierte Vorstellungen über Erziehung. Als Lena sechzehn war, wollte Alice sie nicht in die Disko gehen lassen. Sie wollte sie zu Hause unter Kontrolle haben und hat mich mit Vorwürfen überschüttet, dass ich ihr das erlaubt habe.

Mitten in den von Gelächter unterbrochenen, kreuz und quer geführten Gesprächen, stand plötzlich eine der sieben Frauen, die bisher noch gar nichts gesagt hatte, auf, verabschiedete sich kurz und war verschwunden. Einen Augenblick blieben alle anderen stumm und schauten sich betreten an.

– Waren wir zu gemein?, fragte eine.

– Und wenn schon. Sie wird sich schon wieder beruhigen.

– Wisst ihr noch, wie es war, mit Alice essen zu gehen?

Alle Übriggebliebenen brachen wieder in Gelächter aus.

– Das war unmöglich!

– Sie roch manchmal schlecht.

– Stimmt.

– Einmal hat sie viermal das Essen zurückgehen lassen.

– Ja, ich war dabei.

– Warum?

– Der Teller war zu kalt.

– Ja, er wurde abgeholt, und das nächste Essen kam auf einem warmen Teller.

– Und dann waren ihr die Kartoffeln zu hart.

– Und beim dritten Mal das Fleisch nicht genau medium.

– Hat sie denn den vierten Teller akzeptiert?

– Nein, auch nicht. Ich glaube, weil der Kellner vor lauter Aufregung den Finger in der Soße hatte. Aber wisst ihr was? Das hat ihr überhaupt nicht geschadet! Sie wurde behandelt wie eine Königin. Ja, der Wirt kam an den Tisch, entschuldigte sich, servierte einen wahnsinnig teuren Wein, um sie zu besänftigen, und wenn sie wiederkam, wurde sie hofiert, und der Wirt brachte sich fast um, um sie zufriedenzustellen. Uns hat kein Schwein beachtet. Wir sind ja vor Scham fast unter dem Tisch versunken damals.

– Sie hat wirklich alles aufgehoben, sagte die Frau, die sich hauptsächlich um die Ordnung des Nachlasses gekümmert hatte. Sogar die Quittungen aus einem Hotel in Venedig von irgendeiner im 19. Jahrhundert geborenen Tante.

– Es war furchtbar. Einen Mist sondergleichen hat sie aufgehoben.

– Sie hat nie was weggeschmissen.

– Ich glaube, sie war masochistisch.

– Nein, auf keinen Fall

– Aber bei ihren Liebhabern schon. Mein Gott, was hat sie mit den Augen geklimpert und die größten Blödmänner angehimmelt, die sie auch noch schlecht behandelt haben.

– Ihren Krempel wegzuräumen und die Spreu vom Weizen zu trennen, war wirklich eine entsetzliche Arbeit. Monatelang haben wir zu viert daran gesessen.

– Na ja, übertreib nicht. E. war kaum dabei, wollte aber die Originalmanuskripte.

– Warum?

– Vielleicht dachte sie, sie sind noch mal was wert?

Alle lachten. Dann beschlossen sie, selber früher damit anzufangen, persönliche Dinge wegzuschmeißen oder zu verteilen, um sich diese Arbeit nicht gegenseitig aufzuhalsen oder den Kindern zu überlassen, die dann in alten intimen Erinnerungen wühlen und wahrscheinlich eine Spedition beauftragen würden, alles abzuholen und zu entsorgen. Und sie verstrickten sich in weitere lange Diskussionen darüber, ob es besser sei, sich verbrennen und anonym irgendwo verstreuen zu lassen oder ein Grab zu bestellen und die Pflege schon vorher zu bezahlen, wenn das möglich sei, oder wie sollte man es machen, wenn niemand mehr Zeit hatte für die Pflege und alle woanders wohnten?

Wer würde noch am Grab sitzen?

Oder hat hier etwa jemand noch eine Familiengruft?

Es war Zeit, nach Hause zu gehen.